Cesare Battisti est né en 1954 au sud de Rome. Il fait son apprentissage dans les rues d'un quartier populaire. À 21 ans, durant les « années de plomb », il rejoint la lutte armée. En 1981, il s'évade de prison et s'exile au Mexique. Il vient par la suite s'installer en France et y publie son premier livre, *Les Habits d'ombre* (à la Série noire) en 1993. Il participera à l'aventure du Poulpe (*J'aurai ta Pau*, en 1997) avant d'être édité par Joëlle Losfeld, puis chez Rivages, soit une quinzaine de romans au total.

Cesare Battisti

INDIO

Éditions du Seuil

ISBN 978-2-7578-8995-4

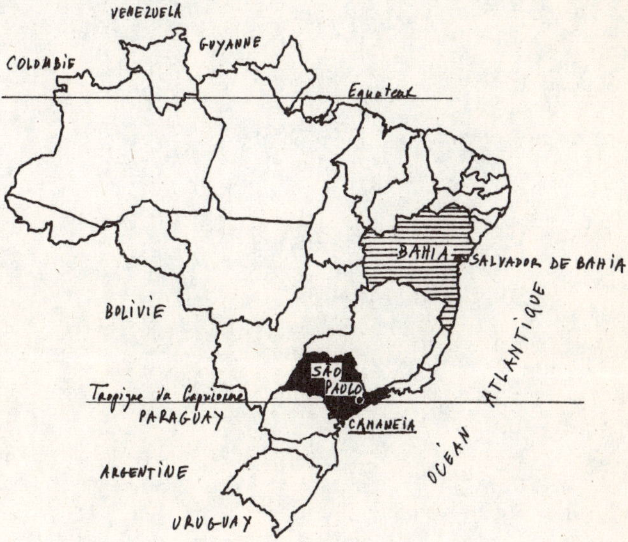
VENEZUELA
GUYANNE
COLOMBIE
Equateur
PÉROU
BAHIA
SALVADOR DE BAHIA
BOLIVIE
SÃO PAULO
Tropique du Capricorne
PARAGUAY
CANANEIA
OCÉAN ATLANTIQUE
ARGENTINE
URUGUAY

BRÉSIL

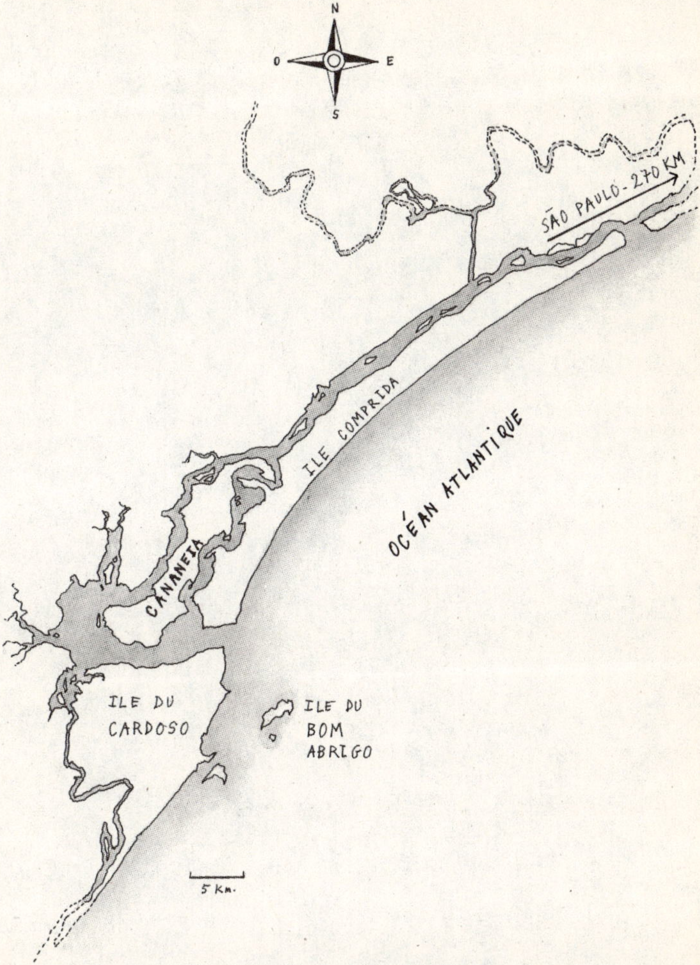
N
O
E
S
SÃO PAULO - 270 KM
ILE COMPRIDA
OCÉAN ATLANTIQUE
CANANEIA
ILE DU
CARDOSO
ILE DU
BOM
ABRIGO
5 Km.

CANANÉIA

Je dédie cette histoire à mes enfants,
Valentine, Charlène et Raul-Tomaz.

Chapitre 1

J'ai rencontré pour la première fois Indio Fernandes Pessoa à Embu das Artes, je l'ai retrouvé pour la dernière fois dans son cercueil à Cananéia. Il avait entre-temps parcouru à peu près trois cent cinquante kilomètres, depuis la grande banlieue montagneuse de São Paulo, pour aller se noyer sur la dernière plage du littoral sud de cet État. À vélo, parce que c'était bien ça qu'il avait envie de faire depuis longtemps. Pédaler.

Avant de disparaître, Indio Fernandes Pessoa aurait eu bien du mal à m'expliquer pourquoi il s'appelait ainsi. Avec un prénom qui sonnait comme un sobriquet, pas vraiment approprié d'ailleurs, car il n'avait rien d'un Indien. Maintenant, entouré de feuillets, livres, petits cahiers et d'un tas de pages imprimées depuis des sites d'histoire, je crois comprendre l'origine de son identité, même si cela ne facilite pas la tâche qu'il m'a en quelque sorte refilée.

Et je ne parle pas de mon départ improvisé de la ville de São Paulo, où je menais une vie sans doute pas très brillante mais pas pénible non plus. Tout d'abord parce que je n'avais pas vraiment besoin de venir m'installer à Cananéia pour y voir clair dans cette histoire et puis, une fois Indio Fernandes Pessoa enterré, j'aurais pu emporter son paquet de papiers chez moi et, éventuellement, repasser ici de temps en temps compléter mes recherches par un peu d'ambiance. Mais Cananéia se trouve au kilomètre 0. Un pas de plus et un bourgeon de désir vous naîtra dans la poitrine et là, il n'y a plus qu'à le laisser s'épanouir. Ce n'est pas moi qui ai vanté le charme de Cananéia par ces mots mais mon ami Baiano, qui m'a ouvert sa maison où je dors à présent dans le lit qui fut celui d'Indio Fernandes Pessoa durant les cinq dernières semaines de sa vie.

Baiano, je le connais depuis je ne sais plus quand. Nous nous sommes rencontrés sur les chemins de l'insoumission. C'est le genre de type qui, bien qu'étant né et ayant vécu à l'autre bout du monde, vous ressemble tellement qu'on a l'impression de l'avoir toujours connu.

J'avais donné son adresse à Indio Fernandes Pessoa lorsqu'il ne fit plus de doute qu'il allait réellement s'engager dans ce voyage à vélo pour Cananéia. Baiano, on l'appelle ainsi parce qu'il est né à Salvador, capitale de l'État de Bahia. Des Nordestinos[1] comme lui à São Paulo, il y en a tellement que chaque brique qui a érigé la ville est passée par leurs mains. Mais loin de contribuer à l'expansion monstrueuse de la mégapole, Baiano s'est réinventé à Cananéia son petit monde riche du parfum des épices mais surtout de cette impassibilité propre aux fils de la baie de Todos-os-Santos[2] ; un peuple qui, habitué au pire depuis des siècles, se contenterait de s'écarter de côté pour esquiver le monde qui va lui tomber dessus.

1. Habitants du Nordeste au Brésil. Région dominée par l'aridité, qui a longtemps entraîné un exode rural massif.
2. La baie de Tous les Saints, lieu du débarquement des Portugais au Brésil. C'est la plus grande baie du pays, où se situe la capitale de l'État, Salvador de Bahia.

Pour quelqu'un qui ne le connaîtrait pas assez, la manière dont Baiano m'annonça au téléphone la mort d'Indio Fernandes Pessoa, d'un ton de voix qu'il aurait pu aussi bien employer pour me faire part d'un contretemps quelconque, ce n'était déjà pas normal. Il l'avait reçu chez lui, où ils avaient certainement partagé des idées et, où comme tout l'indiquait, ils étaient vite devenus amis. Même plus tard, une fois que j'aurais débarqué à Cananéia, la muette réticence qu'il opposerait à mes hypothèses sur la mort d'Indio ne permettrait pas de l'exclure des suspects. Une pensée, je l'avoue, qui m'a traversé la tête mais pas assez longtemps pour se frayer un chemin.

« Noyé », c'était le mot que Baiano avait employé au téléphone pour me dire qu'Indio Fernandes Pessoa était mort et qu'« il serait bon » que je rapplique, ne serait-ce que pour prendre des affaires qu'il avait laissées et qui de toute évidence m'étaient destinées. « Noyé… ? – Noyé, oui », me répéta-t-il. Le mieux serait que je le rejoigne dans la journée, insista-t-il.

Je mis dans un sac quelques vêtements pour tenir un jour ou deux, tout en cherchant à me défaire d'un sentiment de crainte soudain, me disant qu'il n'y avait rien de bizarre à ce qu'un homme, la soixantaine bien sonnée, puisse avoir un tel accident. Au moment où je prenais la route, j'ignorais si Indio Fernandes Pessoa savait nager.

Au début de l'après-midi, sous un ciel grisâtre malgré la chaleur, j'arrêtai la voiture devant le panneau indiquant le kilomètre 0. Ce n'était donc pas une boutade de Baiano, le kilomètre 0 était bien là, sur son poteau planté à quelques mètres d'un arc surmonté par une voyante reproduction de caravelle qui, voiles au vent, annonçait les couleurs de ce qui prétend être le tout premier bourg de la colonisation brésilienne. Ce qui corroborait la préférence de Baiano pour ce lieu et sa respectabilité historique.

Il m'attendait chez lui. Un espace modeste avec un étage, ce qui restait d'une ancienne résidence de notables à deux pas de l'embarcadère, et qu'il avait retapé au fil des années jusqu'à en faire une jolie petite maison. Dont la terrasse, avec une vue dégagée sur le large et sur une bonne partie de la ville, était réputée pour ses grillades bien arrosées. Cela dit, Baiano n'affiche pas le profil d'un bohémien dans le sens classique du terme. Difficile de le caler dans un genre précis. Il a été hippie, ouvrier activiste, puis artiste et enfin cadre du syndicat d'une grande université, au grand dam des recteurs successifs. Dans son parcours si versatile, ce qu'il n'a jamais cessé d'être est *o Baiano,* le Bahianais. Ce qui est un problème quand on a besoin de lui pour des questions qu'il juge inconsistantes, selon ses paramètres ancestraux.

Son premier reproche quand j'ai débarqué chez lui fut qu'il avait fallu la mort de quelqu'un pour que je me décide enfin à lui rendre visite, « après combien d'années déjà ? ». Ensuite, il m'a mis en garde contre toute idée malsaine qui pourrait éventuellement me traverser l'esprit. Je me demandai ce qu'il voulait dire par là mais, même si ça faisait un bout de temps qu'on ne s'était pas vus, impossible d'oublier sa manie de ne jamais répondre à une question précise.

L'enterrement d'Indio Fernandes Pessoa était prévu pour le lendemain dans le cimetière local puisque personne n'avait réclamé le corps, et puis « Je suis certain que c'est le maximum qu'on puisse faire pour lui », concluait Baiano. Avant de m'inviter à sortir avec lui pour que je me fasse un peu aux lieux que, selon lui, j'avais certainement oubliés depuis ma dernière visite.

Nous allâmes par des ruelles coincées entre des façades souvent en ruine mais dont chaque pierre avait cinq siècles d'histoire à raconter. Sur ce thème, Baiano n'économisait pas ses mots. Il me présenta ensuite à deux ou trois personnes, sans doute non choisies au hasard, avant de bafouiller un prétexte pour me laisser me débrouiller tout seul.

Avant le coucher du soleil, je m'étais fait une vague idée sur ce qu'était devenue cette petite ville de pêcheurs située au bout d'une île du même nom. Peut-être à cause de son climat, presque tempéré à cette latitude, mais aussi parce que mal équipée pour séduire le touriste habitué au confort des plages ensoleillées à longueur d'année, à Cananéia, hommes et caïmans se partagent encore paresseusement les étendues de mangroves parmi les mieux conservées de la côte brésilienne.

Hors saison ou en semaine, le centre-ville n'est qu'un lieu de passage pour ceux qui prennent le ferry pour traverser le canal qui sépare Cananéia de l'île Comprida, juste en face. Sauf les chauffeurs de taxi qui attendent un improbable client, il n'y a que quelques Indiens arrivant d'une autre île voisine, celle de Cardoso, qui viennent ici étaler leur artisanat sur les bancs de la place Martim Afonso de Sousa. À la saison morte, les trois ou quatre cafés alentour n'ouvrent leurs portes que pour les habitués. Des hommes et des femmes à la peau tannée versés à deviner dans le fond de leurs chopes l'approche d'un front froid provenant d'Argentine ou à repérer un visiteur qui ne débarque pas ici pour la pêche au mulet.

Chez Miguel était le genre de bistrot où je m'imaginais qu'Indio Fernandes Pessoa avait posé son coude. Tables et chaises en plastique rouge, comptoir en béton et frigidaires aux couleurs des marques de bière alignés contre le mur d'en face. Les rares clients s'intégraient parfaitement au décor. Un coup d'œil à la bière qu'ils sirotaient et je commandai la même.

Des sentiments que les mots ne peuvent expliquer, on ne les saisit qu'avec le silence. Soudain on n'entendait plus que le frottement du chiffon de Miguel, à croire qu'il n'avait jamais aussi bien lustré ses cylindres à café. Je n'avais pas encore avalé la première gorgée que je compris que tout le monde savait ce que je venais faire ici. Autant jouer cartes sur table. Le dos appuyé au comptoir, je levai ma bière vers la salle avec un sonore bonsoir. Un ou deux attablés hochèrent imperceptiblement la tête en signe d'acquiescement, les autres se limitant à un froncement de sourcils, avant que leur regard ne plonge à nouveau dans leur verre.

Je m'y attendais. Au long de ma vie de nomade, j'ai pu constater qu'il m'était facile de me faufiler à travers la méfiance des gens. Je me suis retrouvé tant de fois dans des situations pareilles que j'ai fini par apprendre à respecter cette façon d'être aussi renfermé, voire vigilant, au point de frôler l'impolitesse. Pas grave, la sagesse populaire nous réserve souvent de bonnes choses en échange de patience.

J'allais régler lorsque la porte des toilettes s'ouvrit sur le sourire édenté de Preto da Ilha. Tout en remontant la fermeture de son bermuda, il se précipita au comptoir pour empêcher Miguel d'accepter mon argent. Puis, d'un ton moqueur, il rappela à son public qu'un gringo n'avait ici aucun droit, pas même celui de payer. Cet homme svelte était un des amis que Baiano m'avait présentés dans l'après-midi.

Une bouteille de bière d'un litre dans une main et deux verres dans l'autre, il choisit une table bien au milieu pour que tout le monde sache de quoi il retournait. Chacun de ses mouvements dégageait une vitalité peu commune. Je n'aurais pas cru une seule seconde qu'il pouvait pratiquer une quelconque discipline sportive, cependant, sous sa peau d'ébène, on pouvait deviner l'agitation des nerfs et la mobilité des muscles. Sur sa tête, il avait noué un bandana rouge et noir.

Les yeux pétillants, il vint tout droit à l'affaire.

Sans paraître étonné d'apprendre que Baiano ne m'avait pas informé, ou pas assez, il me dit sans détour à peu près ceci : « Dès le lendemain de son arrivée à Cananéia, Indio était parti avec son hors-bord pour explorer une partie de la baie. Surtout du côté de l'île de Bom Abrigo, où il plongeait pendant des heures d'affilée. C'était quelqu'un de bien, nous étions devenus amis. Et comme tout le monde ici, le soir nous buvions à sa table », conclut-il en élevant la voix d'un ton.

Je ne m'y attendais pas. Indio Fernandes Pessoa pratiquait la plongée et pourtant il était mort noyé…

Preto ne me laissa pas le temps de formuler ma question, il était déjà debout. Comme si, en vidant son verre, il en avait terminé avec moi aussi. Il lança aux autres une banalité sur la cruauté de la mer, avant de regagner la rue en coup de vent.

Le soleil couchant perçait maintenant le rideau de nuages. Ses rayons doraient les façades des maisonnettes, les rendant à la vivacité du blanc-bleu-orange tant chérie par la colonie. J'allai m'asseoir sur un banc au bord de la mer ; ou du canal, comme on appelle ici le bras de mer qui sépare Cananéia de l'île d'en face. Le ferry venait juste de démarrer. Si j'avais ignoré l'abondance de mangroves dans toute cette région, j'aurais pris pour de la pollution les traînées jaunes maussades de ses puissantes hélices. Malgré mes envies de me conduire en touriste, je ne pouvais m'empêcher de soupeser un par un l'enchaînement des mots avec lesquels Preto, le temps d'une bière, prétendait m'avoir résumé vie et mort d'Indio Fernandes Pessoa à Cananéia. J'avais un tas de questions à lui poser.

Sans préavis, la nuit s'étalait rapidement sur la surface du canal, allumant à l'unisson les lumières des petits troquets alignés sur le rivage d'en face. Un frisson soudain m'arracha à mes pensées. Cette eau tranquille, dont une traversée en plein jour n'aurait pas impressionné un nageur moyen, se présentait maintenant à moi sous un aspect menaçant. Je jetai un regard inquiet du côté où je savais se trouver l'île de Bom Abrigo.

J'aurais encore pu en rester là, repartir le lendemain en emportant avec moi le carton bourré de papiers qu'avait laissé Indio et que, une fois de retour à São Paulo, j'aurais fini par oublier. C'était ce que j'aurais sans doute fait si Baiano, avec sa placidité affichée, n'avait fini par provoquer en moi un intérêt imprévu pour cette affaire. Mais j'étais encore loin d'être convaincu lorsque je rentrai chez lui au soir.

Pendant mon tour de reconnaissance en ville, il s'était mis aux fourneaux. Après avoir coupé le cou d'une poule et récupéré son sang dans une bassine, car c'était l'ingrédient principal de son plat préféré, il ne cessait de remuer les morceaux de sa poule au *molho pardo* dans une énorme casserole en terre cuite. Tout comme si je n'étais pas là. Puis, tout en me tournant le dos, il me demanda de but en blanc si je savais que Preto et Indio Fernandes Pessoa s'étaient connus à une autre époque.

Je n'ai jamais entendu personne douter de la respectabilité de Baiano. Il y en a aussi qui le trouvent sympathique et généreux et je n'ai pas de mal à le croire. Mais pour moi son hermétisme est un peu exagéré. À mon avis gratuit et pas tout à fait innocent. Je ne vais pas dire qu'il le fait exprès pour se donner un style. Il n'en a pas besoin et j'ai déjà évoqué les mœurs de sa terre natale. N'empêche, ce n'est pas toujours pratique d'échanger des idées avec quelqu'un qui, après avoir profité à fond de tout ce que São Paulo pouvait avoir à lui offrir durant quelques décennies, s'amuse encore à jouer au philosophe du sertão[1] dès qu'il quitte le périphérique.

– Tu ne m'avais rien dit des plongées qu'il faisait autour de l'île, dis-je sans m'attendre vraiment à une réponse.

Il faisait couler d'une cuillère en bois un peu de sauce sur sa paume et d'un air inspiré en goûtait les vertus.

Toujours la tête dans sa marmite il finit par lâcher :

– Ma mémoire retient souvent des banalités, et peut ainsi effacer des détails importants sans me prévenir. Puis, se retournant vers moi il ajouta : Toi non plus tu ne m'avais pas dit qu'il y avait une femme.

Observant ma surprise, il dit d'un air amusé :

– Tu ferais bien de jeter un coup d'œil à ses affaires. Ça devait être une grande amitié que la vôtre, il t'a fait son héritier unique. Pour la paperasse, je veux dire.

– Ça te brûle pas la main de goûter la sauce comme ça ?

Il me regarda comme un demeuré.

– N'importe quoi. Si je le faisais directement à la cuillère, ça la ferait tourner.

Après quoi, il revint à sa casserole.

Il était clair que je n'allais plus rien tirer d'autre de lui avant qu'il n'en finisse avec sa poule saignée qui, évidemment, n'était pas pour ce soir car elle devait mariner dans son jus toute la nuit afin d'en exprimer toute sa saveur au déjeuner du lendemain. Je regagnai donc

1. Zone semi-désertique du Nordeste, signifiant littéralement « arrière-pays », « fin fond ».

ma chambre. N'ayant pas le courage de m'attaquer au carton d'Indio Fernandes Pessoa, rempli jusqu'au bord, je le poussai mollement sous le lit avant de m'allonger.

Je me demandais qui pouvait bien être cette femme qui, au dire de Baiano, était arrivée chez lui avec Indio. Il n'avait jamais fait allusion à une femme, ni à qui que ce soit d'ailleurs. Mais que savais-je, au fond, d'Indio ? Hormis que mis à part quelque originalité d'artiste, il m'avait l'air assez équilibré. Nous ne nous étions rencontrés que deux fois, la troisième serait pour demain, à son enterrement.

Je l'avais connu pendant une virée à Embu das Artes, où une fille que j'avais croisée dans un séminaire sur la question indigène avait soudain refait surface, me donnant rendez-vous dans un troquet de la *praça de alimentação*. Un espace aménagé tout près du centre-ville, où l'on peut manger pour pas cher tout en écoutant de la musique différente de l'habituelle rengaine larmoyante des vachers en mal d'amour. Embu das Artes n'est pas loin de São Paulo et je m'y étais déjà rendu.

Ce dimanche-là était ensoleillé, les saucisses bien grillées, mais de mon rendez-vous, même pas l'ombre. Ça faisait deux bonnes heures que je poireautais, quand Indio, verre à la main, s'approcha pour me demander si on ne m'avait pas posé un lapin. Sans attendre une réponse ni une invitation, il avait pris place à ma table avec une désinvolture que j'allais trop vite attribuer à l'alcool. S'il m'en avait laissé le temps. Après avoir lancé un regard d'enfant étonné dans mon dos, il fit une sèche observation sur les avantages d'être un étranger. J'imaginais déjà l'habituel discours de l'autochtone qui veut toujours savoir si votre pays d'origine est mieux que le sien et ainsi de suite. Mais comme s'il avait lu dans ma tête, il ajouta aussitôt : « C'est de moi que je parle, mon gringo. » Il accompagna ces mots d'une expression ineffable qui me fit abandonner aussi sec ma première appréciation.

Indio Fernandes Pessoa n'était pas de ceux qui viennent à votre table parce qu'ils en ont marre de parler tout seuls. D'abord il ne buvait presque pas. Son truc, c'était une gorgée ou deux, puis il laissait réchauffer son verre avant d'en demander un autre. Il n'aimait pas les questions et quand il exprimait son point de vue sur un sujet, on avait l'impression qu'il l'avait auparavant taillé comme un diamant. « On ne peut savourer vraiment la condition d'étranger que lorsqu'on l'est aussi dans son propre pays. » C'est à peu près ce qu'il avait dit mais avec la moitié de ces mots. Avant de replonger dans ses pensées en affichant un timide sourire d'excuse.

Il se comportait comme un habitué des lieux. Le garçon le traitait avec une respectueuse intimité. Il habitait dans un quartier limitrophe. Cependant, il avait une façon de regarder et fixer les choses tout autour avec la curiosité de quelqu'un qui vient juste d'arriver. Ou qui va partir pour toujours.

Sur l'estrade, un frénétique solo de percussions s'achevait lorsque Indio Fernandes Pessoa jeta dans la pelouse la moitié de son verre avant d'annoncer abruptement son intention de relier à vélo Embu das Artes à Cananéia par la route côtière, *via* São Vicente. C'est-à-dire pas moins de trois cent cinquante kilomètres, avec des montées qui auraient pu inquiéter le meilleur grimpeur du Tour de France. « Je dois le faire », ajouta-t-il, anticipant ma question. Il avait soufflé ces mots avec une certaine réserve, comme si c'était un secret. Ou une indécence. Il me fixa un instant avant de poursuivre : « Oui, je sais, ça a l'air d'un de ces trucs ringards. Dans les années soixante, on le faisait à pied, ce genre d'escapades. Mais ce n'est pas ce que tu crois. » Il lâcha alors son verre pour masser son front ridé, avant de couper court, avec un air de dégoût : « Laisse tomber, c'est juste que quelque chose ne tourne pas rond et j'ai besoin de temps pour y réfléchir. »

Mais cette confidence ne fut qu'une incise glissée dans une conversation bien plus vaste, à travers les époques et la solidité de certains principes qui allaient au fur et à mesure se noyer dans nos verres.

Nous avions presque le même âge et il n'était pas surprenant de se découvrir quelque point de vue commun. La fausse note était son désir tardif de partir à l'aventure à vélo. Drôle de fantaisie pour un homme de son âge. Cependant, il n'avait pas l'air du baba cool à la recherche de ses origines. Ou de son père, comme on dit en littérature. Aucun signe non plus d'une crise dépressive qui l'aurait soudainement livré à une sorte de retour à la nature acharné, au point d'enfourcher un vélo, ce dont il n'avait plus fait usage depuis une trentaine d'années, pour défier la Serra do Mar[1] avec la prétention d'éviter autant que possible la route nationale, la BR 101.

Lorsqu'il sentait que j'allais dire n'importe quoi pour remplir un vide, il ouvrait un autre volet avec cet air de s'excuser toujours pour la banalité qui allait suivre. Ce qui n'était pourtant jamais le cas chez lui. Il me demanda si je savais que São Vicente était classé comme le premier bourg du Brésil. Je m'apprêtais à répondre que j'avais déjà lu cela quelque part, mais ce n'était pas une question car il enchaîna aussitôt : « Rien qu'un

1. Chaîne de montagnes s'étendant sur 1 500 km le long du littoral atlantique, au sud du Brésil.

mensonge historique, comme il y en a plein dans les livres d'histoire. Gohayó, ça te dit rien ? Non, bien sûr, mais c'était le nom original de São Vicente, un lieu qui n'avait pas attendu l'arrivée du navire de Gaspar de Lemos[1] pour bâtir un bourg, ou ériger sa Casa de Pedra, première forteresse du Brésil. Ils prétendent nous faire gober que la découverte de l'Amérique s'est faite à coups de fanfare et d'eau bénite. Mais souvent, bien avant qu'un troupeau de soutanes puant osât frôler les côtes pour y planter l'épée en premier et la croix ensuite, on avait déjà déchargé sur une île un de ces bannis dont on se servait comme cobayes pour tester les cannibales ou les démons qu'on supposait vivre ici. Ce sont des hommes persécutés dans leur pays d'origine qui, loin d'imaginer que ça pouvait être le début d'un génocide, ont ouvert le chemin de la conquête. »

Que ses propos historiques fussent en relation directe avec sa rude virée à vélo, c'est aujourd'hui pour moi une évidence. Déjà, à l'époque, j'ai dû lui poser la question, mais il n'était pas le genre d'homme avec qui on peut s'attendre à un dialogue linéaire. Quelquefois, il revenait sur une de mes questions, mais l'abordant comme si je ne l'avais jamais formulée. Même ainsi, on avait l'impression que notre conversation suivait un fil conducteur établi à l'avance.

Indio Fernandes Pessoa adorait sa ville, Embu das Artes. Les seuls moments où il laissait ses mots couler, c'était pour dire l'amour qu'il lui portait. Ainsi, par sa bouche, je découvrais qu'Embu n'était pas seulement un marché des arts qui attire chaque fin de semaine des milliers de buveurs de bière depuis la capitale voisine.

1. Navigateur portugais à qui l'on attribue communément la découverte du Brésil en 1500.

Ce n'était pas non plus le contraste abrupt entre le rouge des briques qui envahissent les buttes aux marges de la route nationale et le naturel saisissant qui se dégage des façades du centre-ville colonial. Pour Indio Fernandes Pessoa, Embu était « une belle endormie, un œil fermé tandis que l'autre, bien ouvert, colle à ma fenêtre sans jamais ciller. Un regard de princesse, à la fois critique et séducteur. Elle ne m'en veut pas, mais on dirait qu'elle me reproche de ne pas être tout à fait à elle. Enfin, je n'ai qu'à fermer ma fenêtre pour que le tintement de mon burin disperse à l'instant toutes sortes de divagations improductives ».

Ce qu'il faisait à longueur de jour. Avant de fermer les volets de son atelier et recommencer à tailler sa pierre noire à la lumière d'une ampoule. Jusqu'à ce que la vue fatiguée et la poussière ne l'obligent à aller se poster à nouveau à sa fenêtre. Où les façades pastel des maisons qui escaladent le flanc de la colline le ramenaient illico à ce silence intérieur et à l'abyssale question posée par cet œil de princesse qui ne se fermait jamais sur lui.

Ainsi avait-il vécu ses trente dernières années, Indio Fernandes Pessoa, à Embu das Artes. Sculpteur, avec une petite réputation qui lui permettait de subvenir à ses besoins, il s'adonnait au caprice de reproduire obsessionnellement son fameux Zangus : sorte de bestiole dont on avait du mal à dire s'il s'agissait d'un beau crapaud ou d'un écureuil déformé. Et s'il arrivait qu'un obstiné le pousse à en dire plus sur son sujet d'inspiration, il lâchait distraitement quelques mots à propos d'une vallée et d'un fleuve souterrain où les zangus… Fort d'un sens de l'humour aigu, il jouait avec ces collectionneurs qui voulaient voir dans les inévitables petites différences entre un exemplaire et un autre une « évolution sublime de l'âme ». Si sa fenêtre lui en avait laissé le temps, il aurait pu lancer ses plaisanteries au-delà d'Embu, la presse nationale s'étant déjà intéressée à son talent. Cela l'aurait peut-être amusé un moment, pendant que les rondeurs d'Embu das Artes continuaient à le charmer outre mesure.

Ce jour-là, rentrant chez moi, il faisait encore clair quand je garai ma voiture devant mon immeuble. J'avais la main sur la poignée mais ne me décidai pas à ouvrir la portière. Je regardais par la vitre les gens passer, cherchant à saisir une pensée qui voletait dans ma tête. C'était l'heure où les bureaux de l'avenue Paulista se vidaient. Soudain, je trouvais impressionnant combien chacun dans la fourmilière des trottoirs dégageait son individualité. Drôle d'idée, j'habitais dans ce quartier classe moyenne de São Paulo depuis un bon moment, j'assistais à cette coulée humaine à longueur de jour et me méprisais d'en faire partie. Et voilà que d'un coup, à l'abri de ma voiture, je découvrais ces centaines de têtes qui défilaient à quelques centimètres de moi, chacune avec ses propres sentiments, amour, haine, fatigue, espoir, un pas après l'autre, tous déterminés à arriver jusqu'au bout d'un rêve qui les différencierait des autres.

Descendre de la voiture et me laisser mener par le courant humain, comme je l'avais toujours fait, c'était aussi simple que ça. Ce qui me retenait, c'était cette impression bizarre de voir dans chaque passant un petit air qui me faisait curieusement penser à Indio Fernandes Pessoa, que je venais de laisser assis à sa table dans un kiosque d'Embu das Artes. Au bout d'un moment, je me surpris, non sans un certain amusement, à coller ces différentes mimiques sur un même tableau. Une combinaison après l'autre me révélait que le sculpteur de zangus qui se croyait hors de portée de la « "pornographie" métropolitaine de São Paulo » n'avait pas en réalité réussi à s'éloigner assez de ce monde. Moi non plus, d'accord, mais je ne l'avais jamais cru possible et je me contentais de le subir grâce, cela me semblait encore plus évident, à une dose d'ordinaire lâcheté.

Pour ne pas me sentir trop seul dans la catégorie de ceux qui ne se livrent pas à l'impétueux désir d'être ailleurs, ce jour-là, écoutant le grincement de la porte de mon appartement, je me persuadai enfin que, malgré son style épatant, Indio Fernandes Pessoa n'aurait pas changé sa fenêtre sur princesse borgne pour une bicyclette aveugle.

Chapitre 2

À cette époque, je travaillais à mi-temps dans une agence immobilière de São Paulo. Un salaire d'apprenti plus un pourcentage dérisoire sur les éventuelles transactions que je menais de bout en bout, voilà ma seule source de revenus. Même avec l'âge, je ne toucherai pas de retraite, non seulement à cause de mon, disons, statut particulier d'étranger dans ce pays, mais surtout pour n'avoir jamais pris au sérieux ces institutions qui vous piquent de l'argent dès votre naissance avec la promesse de vous en restituer une partie au compte-gouttes lorsque vous êtes déjà au bord de la fosse.

Agent immobilier n'était pas vraiment ce que j'imaginais devenir un jour. Au long de ma vie, j'ai parcouru tant de pays et d'époques incertaines que je me rappelais tout un tas de ces courtiers en toits qui, rompus dans l'art d'identifier les sans garanties, ne prenaient même pas le temps de dissimuler leur agacement en vous indiquant la sortie. Cela dit, étant devenu un confrère de cette corporation, je n'hésitais pas à mon tour à mettre à la porte tous ceux qui n'avaient pas un salaire de député ou un parent de la même espèce. En échange, je m'offrais le luxe de loger dans un quartier assez tranquille tout en payant un loyer de favela. Comment en suis-je arrivé là, je ne saurais pas le dire. La vie m'emmène et je m'engage souvent sur des chemins inconnus.

Ajoutant une difficulté à l'autre, de la rédaction de contrats douteux d'achat-vente d'immeubles, je passe maintenant à la narration en ne connaissant pas même l'histoire entière que je raconte. Les notes d'Indio Fernandes Pessoa sont assez confuses, voire souvent incohérentes et je ne me fais aucune illusion sur l'objectivité des récits que certains m'ont faits sur leur rencontre avec lui. Cependant, toujours obsédé par l'impétueux désir d'être quelqu'un d'autre, je prends le risque de m'aventurer sur ce terrain glissant qu'est l'écriture, en oubliant que la plupart des problèmes de ce monde ont leur origine dans des erreurs linguistiques ou de simples malentendus.

Indio Fernandes Pessoa aussi était un possédé et je m'étais trompé sur sa réelle détermination. D'Embu das Artes, il a bien rejoint Cananéia en vélo et cela en empruntant des chemins souvent méconnus, dans une région où ce qu'il reste de la forêt atlantique est le mieux préservé au Brésil. Il y est allé parce qu'il était en manque d'un truc, sauf que ce manque, il l'a amené avec lui.

Il n'aimait pas São Paulo et, d'après lui, rien ne l'aurait obligé à y mettre les pieds dans les « cent ans à venir ». Cependant, il ne s'était pas passé un mois depuis notre première rencontre à Embu quand Indio Fernandes Pessoa se pointa à mon agence. Nous nous connaissions à peine et je ne me rappelais pas lui avoir laissé mon adresse. La tête dans les fichiers des clients, à la recherche d'une victime pour l'achat d'un entrepôt invendable, je ne l'avais pas vu arriver jusqu'à ce que son corps long et squelettique se matérialise, dressé au-dessus de mon bureau.

Souvent, des êtres improbables entrent ici à pas de loup et matent longuement les photos sur le panneau des villas de luxe. Quand cette pantomime devient agaçante et que vous offrez votre aide, voilà qu'ils vous font remarquer d'un air suffisant qu'une piscine de quinze mètres… alors ça, mon vieux, c'est vraiment mesquin. Et puis ils sortent, dégoûtés.

Il m'a donc fallu quelques secondes avant de me dire que le type habillé comme un personnage d'Hemingway prêt à partir pour l'Afrique, agrippant le guidon d'un vélo comme s'il s'agissait d'un fusil Remington, était bien le sculpteur de zangus.

Il se tenait droit devant moi, dans une immobilité de statue. Le menton haut, tendu vers le large comme celui d'un soldat partant pour une terre inconnue. Si un client important ou même la patronne avait franchi la porte de l'agence en cet instant, ils auraient probablement appelé au secours. Mon expression éberluée dut lui paraître assez drôle pour qu'il relâche sa mimique dans un gloussement saccadé qui lui donnait un semblant de visage d'enfant précocement vieilli.

Pour une surprise, c'en était une. J'avoue que, bien que le lieu ne se prêtât pas à l'occasion, il ne me déplaisait pas de le revoir. Je lui fis remplir une fiche de client acheteur, histoire de justifier mon absence du bureau, et nous allâmes nous installer dans un bar qui était en vente depuis toujours.

Cette fois, il dut laisser son vélo dehors, mais personne n'aurait osé voler un engin qui était plus proche d'un vieux biclou que d'une bicyclette censée endurer le trajet qu'il avait en tête.

Lorsque je lui fis observer qu'il n'avait aucun bagage avec lui, il me dit que São Paulo n'était pas dans son parcours et qu'il avait fait les trente kilomètres depuis

Embu pour tester son moyen de transport. Je lançai un coup d'œil à son prototype à travers la vitrine et cela ne me sembla pas très rassurant. Pour dissiper mes doutes et non sans un certain dédain, il dit que je me trompais sur la solidité de son engin car il l'avait lui-même assemblé pièce par pièce et que la qualité des matériaux aurait fait pâlir les meilleures marques des tout-terrain d'aujourd'hui. Et pour couper court à ma perplexité, il happa le garçon pour lui demander de l'eau gazeuse avec deux rondelles de citron et le renvoya aussi sec avant même que j'aie pu passer ma commande.

Il avait coupé ses cheveux court, ce qui rehaussait les traits creux de son visage osseux. Cela aurait pu conférer une note de dureté à son expression, si son regard n'avait été aussi pétillant que celui d'un gamin excité par une nouvelle passion. À la différence non négligeable que le duvet parsemé sur son crâne était aussi gris que le mien et qu'il oscillait dans ses habits sombres comme un bambou dans une forêt de chênes.

Je me demandais comment il allait s'y prendre pour couvrir une distance pareille, mais n'osais pas lui poser la question. Quelque chose me disait qu'il valait mieux ne pas trop s'intéresser aux choix de vie de cet homme. D'ailleurs je n'avais pas besoin de le questionner, il avait déjà affiché la réponse sur son sourire en biais : il était conscient de sa folie, mais il devait le faire.

Il me remercia de ma discrétion d'un mouvement de tête, comme si on ne pouvait pas s'attendre à autre chose de moi. Puis, de son ton où il était difficile de savoir s'il faisait de l'humour ou pas, il dit :

– En outre, je ne supporte plus ma voisine du dessous. Elle est à Embu comme une mouche dans la soupe, tu vois ce que je veux dire. Elle me fait chier depuis des années avec ses pots de fleurs immondes.

– Elles sentent mauvais, les fleurs ?

– Même pas, comment peut-on faire fleurir des plantes nordiques dans un climat comme le nôtre !

– Oui mais…

– Y a pas que ça, il y a le problème de la cendre. Elle dit que je fais exprès de laisser tomber la cendre de mon cigare dans ses foutus pots.

– Et naturellement tu nies tout.

– Je ne nie rien du tout. Je m'en fiche d'elle et de ses pots, je ne lui parle jamais et elle non plus d'ailleurs.

– Mais alors ?

– Alors quoi ? C'est comme ça. Et puis, tu ne vas pas croire que je suis con au point de me taper un voyage pareil juste à cause d'une vieille dame allemande ?

Indio Fernandes Pessoa aurait pu devenir un ami. J'aurais aimé passer un après-midi de temps en temps dans son Embu das Artes, boire une bière à la *praça de alimentação* en sa compagnie et apprécier sa manière, tranchante et anecdotique, de m'apprendre un tas de choses inédites sur l'histoire de ce pays. Un mot de moi aurait-il pu lui éviter de tomber au fond d'une fosse aussi loin de son Embu das Artes ? J'en doute, sans compter qu'à vrai dire à ce moment, dérouté par ses propos quelque peu dispersés, je m'inquiétais surtout d'une possible apparition de la patronne devant le rideau fermé de l'agence.

J'étais sur le point de prendre congé, mais une fois de plus je me fis surprendre par sa sagacité.

– Mais toi, surtout toi, mon frère, tu devrais savoir que dans la vie il n'y a rien de moins accidentel que le hasard.

Il feignit de regarder de côté. Le temps de savourer ma perplexité, puis il enchaîna :

– Comment s'appelle-t-elle déjà, cette amie à toi qui t'avait posé un lapin à Embu das Artes ce jour-là ?

J'avais un vide, je ne me souvenais plus du nom de cette fille et puis je ne voyais pas où il voulait en venir. J'allais le lui dire mais il ne m'en laissa pas le temps.

– Comment t'es-tu retrouvé dans cette agence immobilière ? Oui je sais, quand on est dans la galère, on prend tout ce qui tombe. Mais – il n'avait plus du tout l'air de plaisanter – je trouve ça drôle, une agence immobilière réputée dans tout l'État pour ses transactions troubles qui offre un emploi pareil à quelqu'un censé être contre ce genre d'affaires.

Je ne me rappelais pas lui avoir tenu de propos moralistes.

Pas besoin, certaines choses parlent par elles-mêmes. Il me fixait, avec sur son visage une expression de tristesse.

– Tu sais, pour comprendre ce qui se passe aujourd'hui, il est souvent nécessaire de revenir au passé. Pas évident, je le sais, il faut une bonne charge de curiosité pour oser ce saut dans le noir. Et la curiosité ne se cultive pas dans une agence immobilière.

Une rage irraisonnée montait en moi et cela se voyait. Mais il n'avait pas encore fini.

– C'est comme ça qu'ils te roulent. On commence par te raconter une histoire tellement bidon que personne ne prend ça au sérieux, on s'en fiche tant elle est stupide. Il y a seulement que le temps et les époques passent, les hommes disparaissent, d'autres viennent et les intérêts, leurs préoccupations ne sont plus les mêmes. Bien sûr, il y a toujours un être soucieux qui demeure, mais l'homme est sujet à sa propre mort et, qu'il le veuille ou non, il finit par enterrer ses convictions avec lui. Mais il y a une autre catégorie de personnes, celles qui restent en marge de l'Histoire parce que très occupées à faire prospérer les affaires et à façonner des versions simplifiées des événements qui résistent aux limites de la mémoire. Appelons-les les cariatides du progrès. Une tâche millénaire mais qui de nos jours est confiée aux machines. C'est ainsi, grâce à leurs outils, que ces types d'hommes, révisionnistes, ceux qui mettent à jour les annales, tout en pourrissant dans les mêmes fosses que les autres, ont réussi à rendre immortelles des vérités revues et fabriquées selon les exigences de l'homme dominant.

Soudain, je me sentis très fatigué, je ne comprenais pas trop sa harangue. Même ainsi j'avais l'impression d'être visé sans savoir pourquoi et retournais ses mots dans ma tête, mais d'une façon si désordonnée qu'il m'était impossible de leur trouver une logique quelconque.

Il se mit debout, appuyant sa main calleuse sur mon épaule. Je me levai à mon tour.

– Tu as l'intention de te mettre en route quand ?

Ce fut la seule chose qui me vint aux lèvres.

– Bientôt, répondit-il. Puis, le regard déjà loin, il demanda : Peux-tu me mettre en contact avec cet ami à toi qui habite là-bas ? Je n'aime pas les hôtels.

C'étaient les derniers mots que j'entendrais de lui. Je lui dessinai vite fait un plan sur une serviette en papier. Le centre-ville de Cananéia est tellement petit que la maison de Baiano, on ne peut pas la rater. En lui serrant la main, je le regardai bien dans les yeux. Je ne lui avais jamais parlé d'un ami à Cananéia.

Assez grand et trop maigre dans ses habits en tissu épais, il semblait insensible à la chaleur qui, en revanche, me collait la chemise à la peau. C'est l'image que j'ai retenue et garde toujours d'Indio Fernandes Pessoa, le jour où il vint me voir à São Paulo.

Chapitre 3

Un mois et demi plus tard, toute lumière de Cananéia éteinte, je ne pouvais m'empêcher de penser que j'étais allongé sur le même lit qu'Indio Fernandes Pessoa avait occupé moins de quarante-huit heures avant. Je me retournais de tous les côtés, cherchais une trace de sa présence dans les draps aux senteurs de lessive mélangées à celle de l'humidité. Malgré le ventilateur, il faisait lourd dans cette pièce dont le mur résistait mal à l'infiltration de la végétation envahissante. L'environnement idéal pour les moustiques et toutes sortes de bestioles assoiffées de sang et capables de miner le sommeil du plus endurci des autochtones. Sans cela, Cananéia, avec sa baie de Tramandé, aurait pu être confondue avec le paradis.

Je sortis avant le lever du soleil. La voiture de Baiano n'était déjà plus là. Je voulais repousser le moment de me mettre aux papiers du carton. J'ai du mal à traiter avec ce type de matériel, mais il n'y avait pas que ça. Je voulais d'abord me faire une idée à moi sur l'ambiance. Voir un peu ce qu'avaient à dire les gens d'ici. Un accident pareil ne devait pas arriver tous les jours, et puis Indio Fernandes Pessoa, avec son style XIXe siècle, n'était pas du genre à passer inaperçu.

Dans une petite ville de pêcheurs, il n'est jamais trop tôt pour rencontrer quelqu'un affairé autour d'une coque ou accoudé chez Miguel pour un petit coup de cachaça avant d'aller vérifier son *cerco* : une spirale faite avec des tiges de bois de mangrove plantées près du rivage pour capturer les poissons. Les pêcheurs, on le sait, ne sont pas connus pour leur loquacité, surtout avec les gringos. Mais j'avais déjà entendu dire que j'étais devenu plus brésilien qu'une *feijoada*, ce plat national. Ce n'était pas tout à fait faux.

Preto da Ilha habitait une petite maison en bois qu'il avait bâtie lui-même sur un terrain arraché aux mangroves du Carijó, le dernier quartier au sud de l'île de Cananéia. L'entrée était verrouillée avec une grosse chaîne dont un bout tenait encore à ce qui avait été une ancre. Deux chiens noirs vinrent me renifler avant de regagner paresseusement leur niche sous un bananier. L'information n'était qu'à moitié bonne : c'était bien sa baraque, mais Preto da Ilha n'y était pas. Apparemment, il ne se laissait pas intimider par la houle quand l'envie lui prenait d'aller partager la cachaça du gardien de phare de l'île de Bom Abrigo. Le gamin qui m'apprit cela refusa ma pièce et ajouta aussitôt qu'il ne fallait pas se tromper : « Preto da Ilha n'est jamais soûl et il connaît cette mer comme personne. »

Je revenais sur mes pas vers le centre-ville quand un klaxon retentit dans mon dos. Baiano m'ouvrit la porte et redémarra.

– Sale temps pour croiser la Barra, souffla-t-il en lançant une grimace en direction du redoutable cordon sablonneux qui, séparant l'océan de la mer intérieure, inquiétait les pêcheurs même les plus avisés. Dans les deux sens, je veux dire. J'imagine que tu reviens de chez Preto, ajouta-t-il aussitôt avec un clin d'œil.

– Oui. Pourquoi, crois-tu qu'il n'est pas un bon marin ?

– Je ne dirais pas ça, mais un marin qui vit longtemps est celui qui ne défie pas la mer avec une houle pareille juste pour s'amuser.

Je ne répondis rien, je repensais aux temps où lui et moi avions partagé quelque secret. Tout en m'interrogeant sur cette soudaine sensation de mal-être. Ce n'était pourtant pas la première fois que nous nous retrouvions en terrain accidenté et nous n'avions jamais hésité à nous frayer ensemble une issue. Mais cette fois-ci, je ne le sentais pas. Ses silences affectés étaient un reproche clair. Comme si j'avais abusé de notre amitié en lui envoyant, sans le prévenir, non pas un ami mais un problème, un délire ambulant appelé Indio Fernandes Pessoa. Et ça, dans la logique de Baiano et la mienne aussi d'ailleurs, ça ne se fait pas. C'était ce que je ressentais en ce moment. Rien que des impressions, pendant qu'il conduisait avec une lenteur excessive dans une rue pavée de dalles en béton portant des cœurs gravés, qui reliait le Carijó au centre-ville.

Il aurait été beaucoup plus simple de poser des questions, on n'aurait pas eu toutes les réponses, certes, mais cela nous aurait évité ces petites provocations, sortes de préliminaires pour un test de confiance retrouvée. Mais Baiano était comme ça, je me demandais pourquoi il ne profitait pas de sa fin de semaine pour rester au lit.

– Tu te lèves toujours aussi tôt ici ?

Jouant le jeu.

– Le journal. Il faut aller le chercher avant que les quelques exemplaires qui arrivent ici ne se soient envolés. Aujourd'hui, je ne pouvais pas le rater, il y a toute une page sur notre grève.

Je hochai la tête. La grève. Ils étaient toujours en grève et je ne savais plus si c'était celle de l'an dernier qui continuait ou une nouvelle qui commençait. Il m'aurait sans doute reproché un individualisme tardif ou un égoïsme précoce si je n'étais revenu aussitôt sur le sujet.

– D'après ce qu'on m'a dit, Indio faisait de la plongée dans le coin. Il s'aventurait loin de la côte et restait dans l'eau pendant des heures d'affilée. Comment croire qu'un type comme ça va se noyer à deux pas de la plage ?

Baiano ne répondit pas tout de suite. Il s'était entretemps engagé dans la file du samedi pour le ferry reliant l'île Comprida. Il retira son ticket au guichet de la vieille cabine, laquelle tenait encore debout grâce aux couches superposées de peinture jaune. Aussi vieille que le grincement du vieux plancher d'embarquement qui n'inquiétait plus personne. Repliée sur elle-même, Cananéia semblait défier le cours du temps. Moteur éteint, nous allâmes nous accouder au bastingage. La chaleur se faisait déjà sentir.

– Mon ami, ricana-t-il, quand le ferry eut pris assez de vitesse, ma mère répétait qu'elle ne savait plus si j'avais commencé par nager ou marcher. Nous habitions le quartier du Molhado, « mouillé », à Salvador et, pourrait-on dire, je suis né dans l'eau. J'ai passé ma jeunesse à pêcher les langoustes et les poulpes, je pouvais plonger à longueur de jour et nager des dizaines de kilomètres, au point que le soir j'avais juste à choisir si j'allais voir une fille à Itaparica, l'île d'en face, ou faire demi-tour et foutre le bordel du côté de la place de Campo Grande, dans le centre-ville. Nager, c'était bien ce que je savais faire le mieux. Cependant, je ne te dis pas les fois où j'ai manqué d'y rester.

– Je te crois. La mer, je m'en méfie aussi. D'accord. Mais je suis intrigué par cette noyade dont tout indique qu'il s'agit d'un accident banal. Bizarrerie de gens de mer, je te vois venir. Mais, fais-moi plaisir, tu sais qu'il n'y a pas que ça. Un intellectuel de son genre qui vient se noyer dans un endroit pareil, ça donne de quoi rigoler autour d'une bière pendant un temps. Et je n'ai pas vu ça chez Miguel hier soir.

– Sois plus précis. C'est quoi ta question, en fait ?

Baiano commençait à s'énerver et ne le cachait pas.

– Je ne veux pas dire que ce n'est pas une noyade, mais cet Indio Fernandes Pessoa n'était pas venu ici pour la pêche au poulpe, il me semble.

– T'as qu'à lire ses notes. Vu le poids du carton, t'en auras pour un bon moment. La maison est tout à toi. Moi, je rentre lundi à l'aube à São Paulo.

Le ferry descendait déjà sa rampe. Un marin incitait les voitures à avancer, agitant son bonnet bleu et jaune. Poussé par le vent du sud, un gros nuage chargé de pluie pointait au-dessus de la butte de São João.

– Un front d'air froid s'approche, on aura de la pluie. Cadeau de l'Argentine, fit Baiano dans un hochement de tête.

Je ne lui prêtai pas attention. Que tout malheur vînt forcement des voisins *porteños*[1], ce n'était pas très original. Et puis je commençais à en avoir assez de sa façon de tourner autour du pot.

– Mais enfin, il a habité chez toi, tu as dû te faire une idée sur lui, ce qu'il avait dans la tête, ce qu'il était venu faire ici ! Parce que moi, tu vois, je ne l'ai rencontré que deux fois. Il m'avait l'air sympathique mais c'est tout.

1. Expression courante en Amérique du Sud pour désigner les habitants des villes portuaires, particulièrement Buenos Aires.

– C'est bien ce que je pensais, rétorqua-t-il. C'est bien ton genre de m'envoyer des inconnus. En tout cas, pour être sympa, il l'était, mais moi non plus je n'ai pas eu le temps de le fréquenter. Je lui ai laissé les clefs de la maison, comme d'habitude. Tu sais bien que je ne viens ici que les week-ends, et quand j'étais ici, il sortait tôt et rentrait tard.

Il se raidit sur son siège, puis se retourna vers moi, me regardant droit dans les yeux.

– Je te connais. Tu adores te faire des idées, mais fous-toi bien dans la tête que ton pote est mort noyé. Il a dû pousser trop loin et sans entraînement, le physique n'a pas suivi, c'est tout. Tu ne sais pas ce qu'est la mer par ici. Le calme des canaux est trompeur, il suffit de doubler une de ces îles et tu peux te retrouver dans une houle imprévisible. Et le peu que je connais de lui me dit qu'il n'était pas un champion de prudence. Et puis on ne s'amène pas sur un littoral habillé en noir, comme un croque-mort. Repenti d'ailleurs.

– Repenti ?

– Ce n'était pas pour enterrer les morts qu'il était venu ici mais pour les déterrer, jusqu'au dernier ancêtre. Et par ici, on n'aime pas trop ce genre de fouineurs. Ils portent malheur.

Il en savait donc plus que ce qu'il voulait me faire croire.

– Mais au bistrot, il y allait, me semble-t-il, et on ne le trouvait pas si funeste que ça.

– Te fous pas de ma gueule. Il était malin et assez généreux pour ne pas mourir d'ennui dans un bled de pêcheurs. Mais il ne faut pas prendre les gens pour des cons. Faire semblant de boire en attendant de poser la bonne question, ça ne marche pas dans ces parages. Au contraire, pendant qu'il croyait soutirer des informations, en réalité, on le passait aux rayons X tout en lui faisant gober n'importe quoi. Ce n'est pas vraiment ce qu'il faut pour éviter de se faire remarquer.

– Et alors ? Il n'avait rien à cacher, que je sache.

– Monter et descendre l'échelle de l'Histoire semblait être ce qui l'occupait outre mesure. Reconstruire, revitaliser… À chacun son martyre, mais on n'est pas obligé de le partager avec n'importe qui.

– Il cherchait quoi ?

– Il y a une petite unité de l'USP[1] ici. Il aurait mieux fait de rester au frais à la bibliothèque plutôt que de poursuivre des chimères. Ça vaut pour toi aussi, conclut-il.

Inutile d'insister. Si Baiano avait quelque chose à ajouter, il ne le ferait pas maintenant. Il reporta son attention vers les nuages qui se dirigeaient à forte allure vers le continent et qui allaient bientôt engloutir le Grand Dormant, un pic de la Sierra do Mar qui surmonte la baie et dont la crête semble dessiner la figure d'un géant allongé.

1. Université de São Paulo.

Chapitre 4

La traversée du canal de la baie des Dauphins ne dure pas plus de dix minutes. Le temps de repérer l'emplacement du petit port où les bateaux de pêche balancent paresseusement leurs poupes ; on voit aussi un bout de l'île de Cardoso et, à mi-chemin entre Cananéia et l'île Comprida, poussant le regard vers le large, on entrevoit la silhouette rocheuse de l'île de Bom Abrigo. Mais surtout, ce qui n'a jamais déçu personne durant cette courte traversée, c'est de constater que le lieu mérite bien sa dénomination. Indifférents au bruit des hélices et à la proximité de la côte, les dauphins sont bien là, souvent en promenade familiale mais aussi, alors plus nombreux et disposés en cercle, apprenant aux petits les ruses d'une battue de chasse.

Il est rare dans ces parages de longer une mangrove sans tomber sur un caïman ou de se balader au bord de la mer sans apercevoir l'élégant ballet d'un dauphin. Cependant, en un temps où je recevais encore des visites d'outre-mer, chaque fois que je voulus montrer cette curiosité à des amis, le hasard fit qu'ils n'ont jamais pu profiter de cette faune locale. Par conséquent, ils sont repartis en ajoutant dauphins et crocodiles à la déjà copieuse légende de Cananéia.

Mais ce n'étaient que de regrettables exceptions – la faune brésilienne n'aimait-elle pas ce genre de touristes ? Possible. En tout cas, ce matin, avant d'accoster, nous allions jouir du spectacle de ces joyeuses bestioles, qui ne passaient pas inaperçues aux yeux des travailleurs et écoliers qui faisaient la navette.

Seul Baiano, dont l'œil entraîné ne ratait pas un frémissement de la surface marine, avait l'air absent. Avec sa barbiche grise et aussi figé que le havane dans la bouche de Che Guevara, on l'aurait dit d'une insensibilité qui pourtant ne lui correspondait pas. Tous ceux qui le connaissent assez pour ne pas prendre trop au sérieux sa pose de Nordestino endurci par la rigueur de la vie savent qu'il est au fond dominé par cette pudeur qu'on retrouve chez ceux qui ont fait de la provocation leur poésie.

Avec cette différence que Baiano ne s'exprime pas vraiment en vers ou en prose lyrique, que je sache. Je le connais aussi expansif dans son rôle de leader politique que fermé dans la vie privée. Depuis le temps, j'avais appris à interpréter ses coups d'œil coupants. Non pas comme un rejet mais, au contraire, sa façon à lui de montrer son authenticité. J'oserais même dire, sa complicité.

Avant de s'engager sur la piste menant à la plage océanique, Baiano arrêta sa voiture et baissa la vitre de mon côté. Il semblait intéressé par les passagers qui venaient de débarquer et qui se pressaient à la queue leu leu pour rejoindre un bus déglingué qui les attendait juste après la suite de kiosques à boisson, tous encore fermés à cette heure. Le dernier de la file, qui poussait un chariot à glace, fit une halte, le temps de bien observer l'intérieur de la voiture et reprendre son souffle. Baiano redémarra alors en douceur.

Je regardais la végétation épaisse qui loin devant semblait se refermer sur le ruban poussiéreux qui coupe en deux l'île Comprida. Moins de quatre kilomètres en terre battue et sable arrachés aux mangroves et à d'autres espèces de la forêt atlantique, pour relier la plage océanique à l'embarcadère du canal. Je revoyais l'image d'un garde forestier tenant une tête de chien par les oreilles, tout ce qui était resté du repas d'un jaguar. Certainement une femelle qui avait mis bas dans le coin et avait attaqué pour protéger ses petits, avait-il dit alors.

À mi-chemin, Baiano m'arracha à mes divagations avec un gloussement.

– Tu n'as jamais été un bon acteur. Là je te crois, tu ne la connais pas.

Puisque je le regardais sans comprendre, il enchaîna :

– Elle était dans le ferry, juste à côté de nous, elle a même fait un petit signe dans notre direction et tu ne t'en es pas aperçu. Je veux dire, la fille qui est arrivée ici avec ton pote l'historien, le géographe et je ne sais quoi encore. Parce que, tu vois, il paraît qu'il changeait de titre comme de chemise.

Inutile de lui faire remarquer que je lui avais seulement demandé d'héberger un sculpteur que je venais de rencontrer et dont la seule extravagance était son vélo. Baiano et moi, nous avions tous deux échappé à assez de tourmentes pour nous permettre la liberté d'être francs et directs. Je pris le temps de chercher un sens à sa méfiance nouvelle, avant de lui renvoyer un regard écœuré. Aucun mot n'aurait pu lui dire aussi clairement ma déception. Il m'ignora. Concentré pour éviter les nids-de-poule, il serrait le volant avec force. Il est vrai qu'on ne s'était pas vus depuis un bon moment, mais tout de même pas assez longtemps pour douter de notre respect mutuel.

Il m'en voulait et je me demandais pourquoi, mais, avec notre façon de communiquer par mimiques lorsque les mots n'étaient pas à la hauteur, je n'osais pas m'aventurer avec des questions dont l'impertinence aurait pu être perçue comme une ruse de ma part. Je regrettais de ne pas avoir encore regardé les papiers d'Indio Fernandes Pessoa. J'y aurais peut-être trouvé une piste, l'explication à cette méfiance aussi inattendue que blessante.

La luxuriante végétation s'estompe et l'avenue Intermares se termine sur une esplanade sablonneuse parsemée de sapins squelettiques. Il est évident que ces arbres, typiques de l'hémisphère Nord, ont du mal à résister au climat et on se demande qui a pu avoir la malheureuse idée de les planter ici. Mais on les oublie tout de suite, car à moins de cent mètres à pied, c'est la plage. Immense, le sable fin, encore en partie mouillé par la dernière marée, qui s'étend au loin, se confondant avec la brume mousseuse de l'Atlantique. S'ajoutent les émanations de la forêt épaisse qui s'étire sur une soixantaine de kilomètres jusqu'à la pointe nord, où un pont sépare cette île de l'historique ville d'Iguape située sur le continent.

On dit ici que le temps de l'île Comprida est compté. À cause du réchauffement de la planète. Pour tous ceux qui ne croient pas que l'homme puisse modifier quoi que ce soit dans les lois qui régissent la nature, elle s'en va comme elle est apparue. Il est vrai qu'à part un insignifiant relief, dénommé *o moreto*, « petite butte », situé à la même hauteur que la butte de São João de Cananéia, de l'autre côté du canal, il ne s'agit que d'une langue de sable qui, alimentée au fil du temps par les résidus des fleuves, a peu à peu surgi de l'eau pour donner vie à cette île.

L'océan était déchaîné. On avait beau s'être installés dans un kiosque bien reculé, les embruns mélangés au sable soulevé par la brise nous obligeaient à vider nos chopes aussitôt remplies. Derrière ses verres épais, le regard fixé sur l'horizon, Baiano semblait absorbé par le paysage. Mais les deux plis qui contournaient sa bouche et se rejoignaient presque au-dessous de son menton trahissaient sa préoccupation. Il paraissait osciller entre deux décisions égales et contraires. Ce qui était embêtant pour quelqu'un qui ne traîne jamais sur un choix à faire.

– C'est à quelle heure, l'enterrement ?

Je savais déjà que c'était dans l'après-midi, je voulais juste l'obliger à dire quelque chose.

– Écoute, fit-il, se retournant brusquement vers moi. J'ai fait tout ce que je pouvais pour qu'il ne lui arrive rien. Je n'ai pas cessé de le mettre en garde. Résultat, il évitait de me croiser. Il s'imaginait que je voulais le persuader de reculer à propos d'une chose qu'il ne m'avait jamais confiée. À moi, je veux dire, parce qu'il n'aimait pas ma réticence, il la voyait comme un obstacle. Alors qu'il se confiait à tous ceux qui lui auraient promis n'importe quoi pour une nouvelle tournée de bières. Voilà, à 2 heures cet après-midi, on l'enterre et ce sera tout. Et toi, tu penses rester dans le coin ?

Je m'entendis répondre oui avec une détermination qui me surprit. À aucun moment je n'avais songé à m'attarder au-delà du strict nécessaire, avant de me remettre en route pour reprendre ma petite routine. Il est vrai que, même dans ces circonstances peu agréables, le charme de Cananéia avait vite opéré sur moi, mais je n'étais pas venu ici pour en profiter. Une autre fois je reviendrais, certainement.

– Je m'en doutais, pouffa-t-il. Agent immobilier !... Ça m'a fait rigoler quand je l'ai su. Toi qui ne saurais pas louer l'ombre d'un palmier à un Bédouin frappé d'insolation. Bon, fatigué de dormir sur tes deux oreilles, si j'ai bien compris.

– On ne dort pas quand on ne rêve plus.

Je ne sais pas ce qui me prenait. Tout d'un coup, je ne supportais plus d'être ce que j'étais, de parler comme si quelqu'un d'autre me soufflait les mots. Des mots qui ne voulaient rien dire sinon pour ceux qui ne veulent rien savoir. C'était Cananéia qui me déstabilisait, à cause de son murmure dans l'air qui semblait célébrer sans cesse cette singulière promiscuité de mers et de terres, où le poisson se fait homme, où hier devient aujourd'hui et vice-versa.

J'avais jadis été captivé par ces lieux, dont la paresse primordiale paraît l'emporter sur les lois physiques qui veulent que le solide et le liquide soient deux éléments séparés et distincts. Un état de choses qui m'allait comme un gant. Y a-t-il un endroit plus propice pour quelqu'un comme moi, qui a tout fait pour oublier ses origines, et dont la dernière des préoccupations est de savoir ce qu'il va devenir ? La confusion géologique de Cananéia me ressemblait trop pour ne pas m'enivrer et, j'avoue, je m'étais abandonné un temps à ce sentiment. Le temps de réaliser qu'il n'était déjà plus question d'un autre changement de pays ou de nom et que désormais le rationnel n'allait pas cesser de revendiquer ses exigences. Ici, tout était imprévisible. Les lignes se déforment dans un mouvement continu qui engloutit toute trace, ne laissant plus de repère. Le temps dessine ses énigmes dans ce sol mouvant et il n'y a plus qu'à interroger les bêtes pour savoir ce qui les retient sur place.

Le Cananéia de cette époque m'avait emmené trop loin, hors de portée de mon imagination, au-delà même du domaine de l'instinct. J'ai eu alors peur de devenir amphibie et c'est pourquoi je m'en suis extirpé pour m'installer sur le béton d'un immeuble à vendre ou à louer.

Au cours de ces dernières années, j'y étais revenu en deux ou trois occasions mais ce n'était pas pareil. C'était Baiano qui venait m'arracher à mon appartement et il n'y avait pas moyen de lui refuser une fin de semaine où nous sortions peu de chez lui ou, mieux, de sa terrasse équipée de barbecue, hamacs et surtout de sa prestigieuse réserve de musique et de cachaça. Puis, avec le temps, même ces escapades avaient été remplacées par des dîners sporadiques, toujours aussi arrosés mais de préférence pas trop loin d'une bouche de métro.

Mais nous voilà à nouveau assis au Karma. Je me souvenais que c'était une famille aux allures hippies qui à l'époque tenait ce kiosque sur la grande plage. Maintenant, au lieu des maigrichons aux cheveux tressés, c'étaient des tatoués costauds qui s'occupaient des tables, et le vieux Bob Marley avait été remplacé par un duo gémissant sur la trahison d'une jument ou peut-être bien d'une femme.

– Pourquoi aurait-on éliminé un mec qui se promène à vélo à la découverte de son pays ?

Baiano attendait ma question, son sarcasme fut immédiat.

– Va savoir. Kerouac et Burroughs, c'est une époque révolue. Il y a peut-être ici des fanatiques qui ne supportent pas les mauvais imitateurs.

Si je le laissais faire, il pouvait me mener en bateau jusqu'à ce qu'on ait séché la réserve dc bières du Karma.

– D'accord. Crois-tu qu'il est mort en explorant le fond à la recherche d'étoiles de mer ?

– Ce n'est pas l'endroit. Il est plus facile ici de tomber sur un boulet de canon portugais que sur une étoile. Sauf si tu faisais allusion aux écailles de sirènes. Mais elles n'habitent plus la mer depuis qu'elles ont découvert que, des cons à enchanter, il y en a beaucoup plus sur terre.

À mesure que j'avançais sur le terrain de ses allégories, je me sentais à nouveau aspiré par cet univers pris entre mer et terre où il devient impossible de séparer le rêve de l'une du cauchemar de l'autre. Les gens d'ici appellent cette région la Lagamar. Rien de plus approprié, on ne sait jamais où commence l'eau salée et où s'achève la terre. C'est curieux car, au début, rien n'indique qu'il y a ici quelque chose de plus envoûtant qu'un paysage d'une beauté assez singulière. On se promène dans la courtoise tolérance qu'on retrouve dans n'importe quel village côtier pas encore contaminé par le tourisme massif. On dirait que tout ici se combine pour nous pousser de plus en plus loin, d'île en île, souvent pas plus qu'un rocher avec ses deux palmiers pointant sur le bas-fond des innombrables canaux. On y rencontre des Indiens, des pêcheurs et toutes sortes de poissons et rien ne nous empêche de faire demi-tour à tout moment. Car rater le retour est presque impossible. Cananéia, je veux dire ce qui nous rapproche le plus de la terre ferme, on y reviendrait les yeux fermés. Mais c'est entre les pavés de ses ruelles qu'on perd le nord. Il arrive qu'on se retrouve soudain à un coin de rue qu'on n'avait jamais remarqué avant, où un son strident venu de nulle part nous fait penser à un instrument de musique. À cordes ? C'est à ces moments-là qu'on n'est plus tout à fait sûr d'avoir remis les pieds sur terre, et la sensation de s'être éloigné beaucoup de chez soi prend force. On s'arrête. D'un côté, le ciel, qui se pose lourdement sur les toits tous identiques d'une file de maisonnettes ; de l'autre, les mangroves, leur boue, les gargouillements des vapeurs, qui descendent ou montent. Ou alors ce sont ces gamins, la bouille écrasée contre une palissade, qui nous hantent avec leurs regards blafards. On s'arrête, on observe, on pense et on ne trouve rien à dire, réellement rien. Il arrive ainsi qu'on ne sache plus si on vient tout juste de débarquer ou si, Cananéia, on l'avait juste imaginée.

– Mais enfin, que se passe-t-il avec elle ?

– Qui ?

– Mais cette fille, nom de Dieu. Il est clair que tu ne l'aimes pas, t'as sûrement tes raisons. Mais la raison de ta méfiance envers moi ? De quoi m'accuses-tu, enfin ?

– Accuser. Moi j'accuse, c'est bien ce que tu viens de dire ? Et depuis quand on s'est octroyé le droit d'accusation ?

Pas facile de ménager Baiano. Lui poser une question directe, c'était un signe évident de fatigue. Il y avait bien quelque chose qu'il me reprochait. Mais pour rien au monde il ne m'aurait aidé à trouver la réponse. Il se tenait ferme à l'autre bout de son maudit sertão, certain que son foutu bouc ne serait pas mort de faim ni de soif dans la traversée.

Un bouc, oui. C'était sur la capacité de survie de cette bête que Baiano avait fondé tout un tas de convictions bien à lui concernant un vaste éventail de sujets. Il paraît que quand dans le sertão du Nord-Est il fait si sec que les oiseaux y meurent, seul le bouc ose défier les limites que la nature lui a imposées, et il grimpe au-delà du raisonnable, jusqu'à arracher le dernier fruit vert, tout en haut de l'*umbu,* cet arbre épineux qui survit à la terre aride. Après quoi le bon ciel, célébrant l'audace de cette créature, accorde un autre sursis au sertão en l'abreuvant d'une nouvelle pluie. Mais le bouc en question ne s'en sortira pas pour autant, son héroïsme lui a valu l'honneur d'être sacrifié : il est le roi de la gastronomie bahianaise. On a beau connaître l'histoire, adopter les coutumes pour se fondre dans le pays jusqu'à être confondu avec la feijoada, c'est beaucoup de mal en vain, car à un gringo on ne demandera jamais autre chose que de rester un bon gringo, et si c'est le cas, il a le droit de mourir de vieillesse. Ce qui n'est pas donné à tout le monde par ici.

J'avalais à grandes goulées l'air embué de la mer, afin d'être certain que j'étais vraiment assis ici. Les pieds dans l'eau et non pas en train d'enjoliver des souvenirs comme dans mes mornes soirées à São Paulo. Mais le cœur n'y était pas. Soudain j'eus envie de me lever et partir, regagner mon appartement, discuter avec ma plante sur le rebord de la fenêtre. D'où j'aurais aussi pu serrer la main du voisin de l'immeuble d'en face, oubliant l'indécence d'une telle proximité.

Pensée risible, vite dispersée par la brise chargée de bien d'autres senteurs. Baiano la lut sur mon visage et la résuma dans un clin d'œil tout en embrassant le paysage d'un geste.

Mais il savait aussi qu'en échange de ses réticences je pouvais lui refiler tel quel le carton plein de paperasses qui attendait sous le lit. Au fond, les affaires d'Indio Fernandes Pessoa ne m'étaient pas formellement adressées.

Il leva l'index vers le garçon puis, sans me lâcher du regard, souffla :

– Avec toi on ne sait jamais. Tu surprends toujours, sottise et ruse sont si naturelles chez toi qu'on ne sait jamais sur quel pied danser. Mets-toi à ma place. Tu n'es tout de même pas né dans une agence immobilière. Tu connais Cananéia et sa lourde histoire presque autant que moi. Il est vrai que pendant ton absence il y a eu quelques défaillances dans les rangs des fêlés, mais ils ont été vite remplacés par de nouveaux venus encore plus dingues mais moins marrants, car ils n'en ont pas conscience. Pas autant que ton pote, mais assez bruyants pour que Cananéia commence à attirer une attention qui ne lui apporte rien de bon. Tu vois ce que je veux dire. Et ne prends pas cette expression de poisson mort, s'il te plaît. Tu vois donc ce que je veux dire ?

– Je vois. On t'a sali le rêve.

– Ne te défile pas. Dis-moi plutôt comment tu prétends me faire gober que tu ne savais rien de ce que ce type venait faire ici. Épargne-moi l'histoire du fou à vélocipède, veux-tu ?

Si ce n'avait été lui, j'aurais répondu que le vélocipède d'Indio Fernandes Pessoa m'avait fait rigoler et qu'il m'était arrivé un soir, en dévorant une pizza, de ressentir un sentiment d'admiration et d'envie pour cet homme encore capable de se moquer de son ridicule et du monde en toute connaissance de cause. Mais Baiano ne m'aurait pas accordé le temps de lui débiter une chose pareille. Il serait parti, me laissant le plaisir de me taper les quatre kilomètres de poussière jusqu'au ferry. Mieux valait faire un effort et déverrouiller ma mémoire pour revenir au moment où Indio Fernandes Pessoa m'avait parlé de ceux qui font l'Histoire et des autres qui l'écrivent. Il avait dit cela au milieu de rien et, en y repensant, c'était bien la première fois qu'il s'exprimait sans son habituelle assurance. Cette fois-là, il s'était montré hargneux : ça ne collait pas.

Ce qui me fit soudain penser qu'il n'était peut-être pas venu me voir ce jour-là simplement pour me montrer son attirail. Il m'avait aussi laissé entendre je ne sais plus quoi sur le hasard qui n'en est jamais un et que notre rencontre ne faisait pas exception. À présent, ces mots semblaient tout d'un coup prendre du poids, y compris donner un sens au regard réprobateur de Baiano. À São Paulo, ils m'étaient sortis de la tête avant même qu'Indio Fernandes Pessoa ne me serre la main pour la dernière fois.

J'aimais bien cet homme parce que je trouvais drôle la dérision avec laquelle il abordait tout argument, sans s'épargner lui-même. Je ne l'ai vu que deux fois, assez pour qu'il me rappelle un vague sentiment d'ivresse, comme un parfum oublié. Pour moi, c'était ça, Indio Fernandes Pessoa, sans aller plus loin. Voilà pourquoi je n'avais pas attaché d'importance à ses mots pleins de sous-entendus. Il m'était plus facile de croire qu'il ne s'agissait là que d'une fantaisie d'artiste.

Bref, ce qu'il pouvait être ou pas n'avait maintenant plus aucune importance : Indio Fernandes Pessoa était mort et Baiano n'était pas là pour savoir ce que São Paulo avait fait de moi ces derniers temps.

Baiano, qui semblait avoir suivi le cours de mes pensées, remplit les verres jusqu'au bord, évitant la plus petite trace de mousse, puis laissa la brise titiller sa barbiche.

Quand on ne sait pas par où commencer, on finit toujours par dire une banalité quelconque.

– Ce qui est curieux, c'est son prénom. L'appeler Indio, il faut le faire. Simon ou Élias lui auraient plus ressemblé. On pourrait croire à une extravagance hippie de ses parents, mais j'en doute.

– Laisse tomber les hippies, rétorqua-t-il en ricanant. Ils se sont jetés sur des noms parmi les plus communs adoptés chez les Indiens sans même savoir ce que ça voulait dire dans leur langue. Tout juste de la frivolité, qui, outre qu'elle ne rend pas justice au peuple de cette nation, témoigne toujours de l'ignorance des conquistadores.

Baiano souleva son verre mais ne fit que se mouiller les lèvres. Le regard perdu sur la surface de la mer, il ajouta à mi-voix :

– Mais ton début est prometteur. Son nom, ou mieux, cette combinaison dans son nom complet est bizarre. Même ici, la police a appris à taper sur un ordinateur. Je vais te donner une piste, mon vieux. Ça ne m'étonnerait pas de découvrir que ce type avait déjà mis les pieds ici par le passé, dit-il avec une expression étrange, comme si quelque chose allait arriver, quelque chose qui le dépassait. Juste un instant, avant d'enchaîner : Il est né à São Vicente le 15 septembre 1950, fils de Mbiracê Cosme. Père inconnu. Tout ça ne te dit vraiment rien ? conclut-il d'un air sardonique, avant de vider son verre d'un trait.

Le temps allait changer. La plage était encore ensoleillée et les enfants couraient toujours, poursuivis par les vagues qui leur fouettaient les fesses. La brise cassait à présent la surface de l'eau avec une nouvelle vigueur. Je suivais le regard de Baiano. Le sommet du mont São João était enveloppé par un nuage épais qui virait au noir à vue d'œil. Ce sacré front froid du sud n'avait pas fini de mettre à l'épreuve l'obstination du pêcheur qui, avec son rafiot, défie encore la mer pour ramasser ce que les grandes flottes étrangères ont rejeté à l'eau. Il est difficile de penser à Cananéia sans l'associer à une marmite en terre cuite remplie à ras bord d'une bouillonnante *caldeirada*, la traditionnelle soupe de fruits de mer et poissons.

Inutile d'essayer de prendre Baiano de vitesse, à croire qu'il était capable de régler l'addition par télépathie. Le temps de s'engouffrer dans la voiture, les rafales de vent et de pluie courbaient déjà les uns contre les autres les conifères déracinés.

Chapitre 5

À Cananéia, il y a un troquet sans nom coincé entre deux poissonneries. On sait qu'Alicio le poissonnier en est le patron, même si je ne l'ai jamais vu y mettre les pieds. Il est peut-être évangéliste et ça ne va pas avec les antres à bibine. J'avais déniché le lieu par hasard un jour lointain où je me promenais sans but. Je venais alors de débarquer à Cananéia et pour tuer le temps, j'avais occupé ma première semaine à une reconnaissance du territoire. M'éloignant chaque fois plus du centre-ville, jusqu'à m'aventurer dans les quartiers prétendument dominés par les trafiquants. Pas beaucoup de chemin à faire. Prise entre deux canaux, l'île ne fait pas plus de trois kilomètres de large et, dans sa longueur, les mangroves et la forêt n'offrent pas beaucoup d'espace pour les excursions.

Le relent du poisson stocké dans les rangées de glacières à même le sol n'était pas fait pour encourager les rares touristes. J'avais ainsi toujours une table où siroter une bière, laissant les idées se balancer au rythme soporifique des bateaux de pêche aux couleurs criardes ancrés juste en face. Dans l'après-midi ensoleillé, j'étais souvent le seul client. La femme qui tenait le comptoir n'abandonnait jamais son miroir et sa pince à épiler et, à part quelque ancien pêcheur en panne de cachaça, personne ne venait troubler mes rêveries. Mais cela, c'était avant.

Même si le troquet d'Alicio était bien replié derrière le kilomètre 0, il n'avait pas été épargné par l'embourgeoisement, bradant son charme pour une mousse deux fois plus chère. Les murs en briques étaient maintenant recouverts d'un jaune brillant et on avait installé un système anti-incendie selon la nouvelle norme. Intimidés par les flamboyants 4 × 4 alignés comme des tanks de guerre le long du quai, les bateaux de pêche avaient perdu la douceur de leur balancement. Avec ses éternelles bottes en caoutchouc blanc et encore trop de cheveux sur sa petite tête, Alicio semblait ne pas avoir été touché par le temps.

À l'époque où je l'ai connu, Alicio s'entretenait déjà rarement avec le client du bar. Mais un jour il s'était approché de moi et, l'air gêné, m'avait demandé si je pouvais lui acheter un livre dans la capitale. À Cananéia, il n'y a pas de librairie et il avait honte d'aller à la bibliothèque parce qu'ici tout le monde savait qu'il était analphabète. Il avait fait signe à un gamin qui s'était amené en vitesse avec un stylo et un papier. « Écris, m'avait-il ordonné, le titre est quelque chose comme ça : "Les veines... de l'Amérique latine". C'est un livre bon pour nous ici, tu sais, c'est un monsieur très important qui me l'a dit. »

J'avais cette œuvre d'Eduardo Galeano chez moi et j'étais même certain de l'avoir en double. Mais pas question de refuser son argent, outre un mulet encore frétillant qu'il m'avait fourré sous le bras. Pensant qu'il voulait l'offrir à ses petits-fils, je me pointai chez lui quelque temps après avec le livre enveloppé dans du papier cadeau. Après avoir retiré ses gros gants en caoutchouc, Alicio déballa le paquet, approcha une chaise de ma table et, les yeux brillants d'émotion, passa sa main rugueuse sur la couverture avec la tendresse d'une mère sur la joue de son bébé. Il l'ouvrait, le refermait puis l'ouvrait à nouveau, le humant comme s'il voulait absorber tous ces mots qu'il n'aurait pas pu lire. Je le regardais faire pendant qu'un nœud me serrait la gorge. J'aime les livres, mais je crois que jamais auparavant je n'avais été aussi touché par leur grandeur, ému de voir un mélange troublant de joie et de douleur sur un visage jusqu'alors uniquement possédé par la mer.

J'étais certain qu'il m'avait déjà vu surgir au sommet du pont, sur le petit canal qui sépare le quartier du reste de la ville. Mais, obéissant à un devoir de circonspection qui semblait être la norme par ici, il continuait l'air de rien à s'affairer comme si on s'était quittés peu avant. Quand un de ses petits-fils, sortant de la poissonnerie, vint en souriant à ma rencontre, il se retourna vers moi avec un imperceptible balancement de tête. J'étais encore bienvenu.

Il écarta le merlan jaune dont les tripes pulsaient encore de vie puis essuya grossièrement sa main avant de serrer la mienne :

– Ça fait un bail, mon vieux. T'es venu la valise pleine d'antimoustique ?

Je me marrais. Pas pour le plaisir d'écouter à nouveau sa voix d'enfant mais aussi parce que j'avais complètement oublié ma phobie qui dans le passé était devenue une blague parmi les proches.

– Pas besoin, lui répondis-je, mon vieux sang les dégoûte désormais.

– C'est vrai, t'es tout mou et ça ne doit pas être par excès de baise, lâcha-t-il, avant de retourner à son poisson.

Avec les gens de mer, on ne sait jamais s'il faut attribuer leur franc-parler à la sagesse ou au sarcasme. J'accusai le coup tout en essayant de me rappeler ma dernière performance sexuelle. Je cherchais les mots.

– T'as rien à dire sur ce mort noyé ?

– Ça dépend lequel, fit-il sans relever la tête.

– Enfin, le dernier.

Il jeta son merlan dans une caisse déjà remplie à ras bord puis alla ouvrir l'eau et nettoya le plan de travail au tuyau. Il se lava les mains et revint à moi tout en me dévisageant avec un air crispé que je ne lui connaissais pas. Lui aussi cherchait ses mots.

– Le dernier, c'est bien ça que t'as dit, non ? Bon, son corps a été retrouvé il y a deux heures au plus dans l'île de Cardoso, la tête dans l'eau et les jambes sur le sable fin de la plage de Pereirinha. Tu sais, les dauphins aiment ça, pousser les cadavres humains jusque sur une plage. Son bateau, par contre… Bon, ces animaux ne peuvent pas tout faire.

– Attends, mais de qui tu parles ?

– Mais du dernier, bon sang. Preto da Ilha, ce n'est pas ce que tu m'as demandé ?

Stupéfait, je fis un tour complet sur moi-même comme si le bandana rouge et noir du Preto allait soudain apparaître derrière une pile de caisses à poisson.

Alicio eut pitié de moi.

– Je vois, ce n'était pas le bon noyé. Mais je vais te dire quand même. Non, mon vieux, je n'y crois pas une seconde – il boucha une narine et de l'autre expulsa un grumeau jaunâtre qui atterrit à trois bons mètres de là –, c'est le beau-frère de mon fils qui l'a vu en premier. Il avait toujours son ceinturon bien accroché à la taille, mais la gaine et son poignard avaient disparu, et Dieu sait qu'il ne s'en séparait jamais. Et ce n'est pas fini. Sur ses poignets, une corde avait laissé sa marque.

– Tu veux dire qu'il n'est pas mort noyé ?

– Je n'ai pas dit ça, mais il est bien possible qu'avant de boire la tasse, il ait été ligoté.

– Et son corps, où est-il maintenant ?

– Parti, à la morgue de Registro.

J'étais de plus en plus perdu.

– Mais depuis quand on amène les noyés là-bas ?

– Voilà la question. Tu restes pour le déjeuner ?

– Non merci, il y a une poule au molho pardo qui m'attend chez Baiano. Et sans conviction, j'ajoutai : Et quant à l'autre, le premier noyé je veux dire. Tu en penses quoi ?

Alicio balança à nouveau sa tête. J'étais congédié, pour l'instant.

Baiano était en train d'apporter les dernières retouches à sa poule lorsque j'entrai dans la cuisine. Il avait aménagé cette partie de la maison comme je suppose que l'avaient fait ses parents au siècle passé à Salvador, sa terre natale. Assez spacieuse pour qu'au milieu de buffets d'époque et de porte-marmites en fer trône une imposante table en bois entourée d'une bonne douzaine de chaises aussi massives. Aérée par deux fenêtres, dont une donnant sur son mythique citronnier *galego*, qui, à l'en croire, était le dernier exemplaire non transgénique de l'espèce. Dépourvue de tout accessoire synthétique, la pièce sentait l'odeur des plats mijotés d'autrefois.

Il se retourna en pointant sur moi sa cuillère en bois comme s'il allait dire quelque chose, mais il se retint avec un froncement de sourcils qui en disait bien plus. Il savait déjà, j'en étais certain.

Du coup me revinrent en tête ses mots sur la prudence d'un bon marin, qui selon lui aurait fait défaut à Preto da

Ilha. Mais à ce moment-là, le corps n'avait pas encore été découvert. Je mourais d'envie de lui poser la question. Au lieu de ça, je lui demandai s'il avait toujours l'intention de partir le lendemain. Il retira sa marmite du feu, la plaça sur un trépied installé entre nos deux assiettes et, voyant que j'étais encore debout, s'excusa pour le vin :

– J'ai oublié tes habitudes, on n'a que de la bière. Ici nous ne sommes pas aussi raffinés que…

– Ça va, fis-je, coupant son petit théâtre d'un ton plus sec que je n'aurais voulu.

Avec un sourire de satisfaction, il ôta le couvercle, laissant le temps au fumet de se répandre. Avant de plonger la louche en bois dans la sauce brune et épaisse où bouillonnaient encore les morceaux de poule.

– Tu préfères quel morceau ?

– La tête.

– Je m'en doutais. Toujours droit au but, n'est-ce pas ? J'hésite, reprit-il en me servant copieusement. J'ai des engagements qui m'obligeraient à être à São Paulo demain. Mais avec ce qui vient d'arriver, je ne suis pas certain que ce soit une bonne idée de te laisser ici tout seul.

La poule au molho pardo était réussie. J'aurais bien voulu tremper du pain dans mon plat, mais il n'y avait que du riz.

– Tout à l'heure, tu savais déjà pour Preto da Ilha ?

– Non, mais c'était à prévoir.

– Oui, je sais, le mauvais temps, le courant du sud, c'est toujours la faute de l'Argentine.

Il me regardait d'un air amusé et surpris en même temps. Comme quelqu'un qui écoute couiner les notes d'un vinyle retrouvé par hasard.

– Sauf que celui-ci, enchaînai-je en me léchant les doigts, ce n'est pas la mer qui l'a tué. À moins que les dauphins du coin n'aient l'habitude d'attacher les noyés avant de les repousser sur le rivage.

– Attacher ?

– Les poignets, avec une corde.

– Ça, je l'ignorais. Mais il est quand même mort noyé, non ?

– Arrête. Qu'est-ce que tu savais ?

– Que même avec le mauvais temps, on n'est jamais seul en mer et ça, Preto était au courant. Mais voilà, il n'en faisait qu'à sa tête, il se la jouait pirate et prendre des risques était son bonheur.

– Donc tu savais.

– À Cananéia, tu lâches un pet, personne ne l'entend, mais tout le monde le renifle.

– Enfin, quel risque courait-il cette fois-ci, tu veux bien me dire ?

Baiano était un bon dissimulateur, avec plus d'une corde à son arc. On ne dirige pas un syndicat en faisant des courbettes à la ronde. Mais quand il fuyait la capitale, dès qu'il le pouvait, il éjectait en route le campus et son recteur. Cananéia était son refuge et il le protégeait avec les dents contre toute atteinte à sa tranquillité. Pour lui, le pont sur le canal n'avait jamais eu pour but d'unir l'île au continent mais, au contraire, de marquer la séparation, et chaque fois qu'il le franchissait, comme dans un rituel, il avait toujours un mot pour dire que la frénésie de São Paulo était bien loin derrière lui.

Le rêve de tout immigré du Nord-Est est d'attendre l'âge de la retraite pour retourner dans sa terre natale et y bâtir une petite maison au bord de la mer. Sous un ciel bleu et chaud où il n'est souvent pas nécessaire de quitter le hamac pour cueillir un fruit. Mais à plus de deux mille kilomètres de ses latitudes, Baiano avait choisi les fraîcheurs du Sud avec ses rivages abrupts mais, disait-il, sans relents de crème solaire qui polluaient ses eaux turquoise ainsi que les rêves de son enfance. « Dès que j'ai mis les pieds dans ce lieu, m'avait-il dit lors de ma première venue ici, je me suis dit : voilà l'endroit où je veux attacher ma jument. » Ce qui avec d'autres mots signifie : Voilà où je vais terminer mes jours en paix.

Déception et reproche contenus, regard de victime lorsque le coupable de ses malheurs n'est pas plus qu'un casse-pieds irresponsable. Des années pour réaliser un rêve et deux morts en moins de trois jours pour le bousiller. C'était écrit sur son visage. Il aurait bien aimé me maltraiter un peu, mais à quoi bon.

– La vaisselle est à toi, dit-il en se levant à moitié, avant de se laisser retomber sur sa chaise et lâcher dans un soupir : Démolir est plus intéressant que construire, on n'a de comptes à rendre à personne et ça va beaucoup plus vite. J'aurais dû le savoir, me diras-tu, puisque c'est mon boulot d'empêcher que le rêve d'un tas de fumiers se réalise. Mais, au bout du compte, on tombe tous dans le même piège. Figure-toi que j'y avais cru à cet îlot, rester à l'écart des emmerdes. Mais c'était compter sans ton aide.

– Désolé. Mais je ne vois pas en quoi…

– Laisse tomber. Indio était déjà bel et bien mort, j'aurais dû jeter ses affaires à l'eau et point final. Voilà ce que j'aurais dû faire. Tu ne serais pas venu et Preto da Ilha aurait eu encore du bon temps pour continuer à se battre contre son foutu cordon littoral.

Il articula chacun de ces derniers mots en émettant un son aspiré, jusqu'à ce que ses lèvres retrouvent l'étanchéité d'une coquille.

Chapitre 6

Malgré de timides pénétrations urbaines dans les coins où l'exubérance des mangroves a le plus abdiqué, la ville de Cananéia peine toujours à s'éloigner de son berceau. Aujourd'hui encore, les habitants de ce tout premier village brésilien, né presque à l'insu des puissances européennes, ont du mal à s'écarter du centre-ville, dominé par le clocher de l'église dont les jésuites firent une forteresse contre les incursions des Indiens carijós d'abord, et des pirates ensuite. Quant aux morts, eux non plus n'ont pas fait beaucoup de chemin depuis lors. À moins de deux cents mètres de la place, la rue Pedro Lopes s'arrête contre l'enceinte décrépite du cimetière. Juste à côté, la façade jaune délavé du commissariat masque en partie la prison ; une bâtisse en forme de parallélépipède en béton brut qui va se perdre, paraît-il, entre les mangroves. Je m'étais déjà demandé s'il était vrai, comme on le racontait avec un sourire plein de sous-entendus, que les caïmans les plus en chair aimaient fréquenter le coin. C'est fou ce qu'on est capable d'inventer dans un troquet pendant que la mer se déchaîne sur les rafiots à l'ancre.

La grille du cimetière était à moitié ouverte, une voiture noire garée à côté. Une dizaine de bicyclettes, dont tout le lot n'aurait pas payé un caillou à un fumeur de crack, étaient appuyées contre le mur. Le commissariat, portes et fenêtres fermées, sans voitures de patrouille ni même un planton devant, ressemblait à une annexe du cimetière. Je franchis le portail, jetai un coup d'œil circulaire pour repérer du mouvement entre des centaines de tombes qui se disputaient chaque centimètre d'une surface où il ne restait plus de place pour enterrer un mort debout. Je sautillai entre les pierres tombales jusqu'à un passage ouvert dans l'enceinte latérale. Il m'avait semblé y voir du monde. Au-delà du passage, un carré boueux privé de tombes avait grignoté une centaine de mètres au territoire des mangroves. Baiano n'était toujours pas là.

Au milieu de mauvaises herbes coupées à la hâte, la fosse avait déjà été creusée. Deux fossoyeurs passaient les cordes sous le cercueil pour le faire descendre dans le trou. Le ciel était couvert, les nuages noirs venant du sud avançaient sans hâte vers le continent, créant une atmosphère lourde et chaude comme une housse se refermant sur un cadavre. Les fossoyeurs avaient du mal à accorder leurs mouvements. La sueur leur embuait la vue mais ce qui semblait les gêner davantage était le flot de mots incompréhensibles qu'une fille leur déversait, dans une étrange agitation qui ne cadrait pas avec la douleur de quelqu'un qui enterre un être cher. Indifférentes aux invectives de la jeune fille, une quinzaine de personnes essayaient de se tenir dans une posture digne, les regards perdus dans un point indéfini entre ciel et terre. J'en identifiai quelques-uns qui avaient du mal à cacher leur impatience de retourner au comptoir de Chez Miguel. Mais on n'était pas les seuls à cet enterrement. Un mouvement attira soudain mon attention. Dans un autre coin du cimetière, bien à l'écart et assis sur des tumulus, des

Indiens avec leurs femmes et leurs enfants assistaient au manège des fossoyeurs. Voyant que je les regardais, un frémissement d'inquiétude troubla un instant leur immobilité.

Le cercueil descendit en oscillant assez pour heurter les bords de la fosse, le fin fond du chemin d'Indio Fernandes Pessoa. Alicio se pointa derrière moi juste à ce moment-là. Il me poussa un peu et se dirigea vers la fille aux mots farfelus qui se tenait de l'autre côté de la fosse.

– Attendez un peu, fit-il, s'inclinant assez pour voir la ligne de clous sur le couvercle en contreplaqué, quelqu'un ici a-t-il procédé à l'identification du corps ? Je veux dire, c'est bien lui qui est là-dedans ?

À ces mots, les croque-morts, la sueur au front, chancelèrent, pendant que les autres ne cachaient pas un mouvement d'impatience. La fille, apparemment épuisée par son vif monologue – en langue guarani, appris-je ensuite –, leva lentement la tête. Une ombre immense émanant de ses yeux s'étendit sur nous tous.

– Quelle importance, dit-elle dans un portugais bien articulé, un corps en vaut bien un autre.

La question lui avait été posée par Alicio, mais la réponse m'était destinée, cela ne faisait pas de doute. Elle avait l'air plutôt jeune, les pommettes hautes, le nez bien dessiné, les yeux noirs, ainsi que ses cheveux coupés court comme ceux d'un garçon. Je la suivis du regard pendant qu'elle contournait la fosse et s'éloignait lentement en direction du groupe d'Indiens. Je fus tenté de lui emboîter le pas, mais en repensant à cette fille qu'avait mentionnée Baiano, je restai sur place. À ce moment, un hélicoptère esquissa un cercle sur le cimetière, avant de s'immobiliser un instant au-dessus de nos têtes et repartir aussitôt dans une virée expéditive.

– Au-dessus d’un cadavre plane le vautour.

Je me retournai vers la voix. Je réalisai alors que Baiano n’avait pas assisté à l’enterrement. Il venait tout juste d’arriver alors que la petite foule regagnait déjà la sortie. Alicio, les pieds bien écartés dans ses bottes blanches, regardait le ciel laiteux de pluie qui résonnait encore du bruit de l’hélicoptère. À ma muette question sur cette surprenante inspection du ciel, Baiano répondit par un ricanement. Tout en lui lançant un regard de reproche, Alicio retira la boue de ses bottes, les frottant contre une touffe d’herbe poussée sur un tumulus. Puis il vint se placer entre nous. Ses yeux foudroyaient le ciel.

– C’est des oiseaux comme ça qu’il faudra remercier si la pêche *caiçara*[1] est bientôt interdite.

Je n’en croyais pas mes oreilles, ce qu’il venait de dire n’avait pas de sens, pas ici en tout cas. Mais Alicio n’était pas le genre d’homme à blaguer dans de telles circonstances.

Malgré l’extension territoriale de sa municipalité, Cananéia dépasse à peine les dix mille habitants, dont la plupart se concentrent en zone urbaine, vivant de l’abondance de poissons qui viennent se reproduire dans les eaux tempérées qui l’entourent. Même sa modeste activité touristique est liée à la pêche. Lui retirer cette ressource équivaudrait à tuer l’île et la baie de Tramandé avec.

Il devait y avoir un malentendu. J’attendis la suite pour comprendre sa phrase énoncée sur le ton d’une sentence de mort.

1. Les Caiçaras sont les habitants originels de la côte du sud du Brésil. C’est un peuple issu du métissage de tribus indigènes, des Portugais et des Africains. Par métonymie : la pêche pratiquée à proximité de la côte.

Pourtant Alicio n'avait rien à ajouter. D'un pas rapide, sans se retourner, il regagnait déjà la sortie.

Cela m'intriguait et Baiano devait en savoir plus.

– C'est quoi, cette histoire ? On ne mangera plus que des crabes ou vont-ils les interdire aussi ?

– Pas du tout, rétorqua-t-il en hochant la tête. Il y aura un entrepôt frigorifique grand comme un supermarché avec des tonnes de filets de poisson de toutes sortes bien congelés. Fini les relents de poiscaille empestant l'air. On aura droit aux flottilles aseptisées des grandes compagnies avec leurs filets qui ratissent le fond marin comme un peigne à poux.

On était sortis du cimetière. Une petite halte face à la poste, où le vieux caissier attendait Baiano sous une pluie fine, pour lui renouveler sa plainte habituelle à propos de certains droits qui lui auraient été refusés. Le bonhomme avait du mal à faire la différence entre un syndicat et un autre, mais Baiano l'écouta gentiment, sans oublier d'envoyer un bonjour à sa famille avant de lui serrer la main.

Arrivé face à la mer, il hésita un instant avant de s'engager à droite sur l'avenue Beira Mar, celle qui nous amenait au centre-ville, pourtant la seule direction possible. De l'autre côté du canal, la berge n'était pas accessible aux piétons, en raison des privilèges accordés aux demeures seigneuriales, si imposantes que ni la brume ni la végétation épaisse n'arrivaient à les dissimuler.

– Voilà les nouveaux patrons de Cananéia, dit-il en reprenant sa marche.

– L'hélicoptère en fait partie ?

L'insolite comportement d'Alicio m'intriguait toujours.

– Oui, et il vaut mieux ne pas se frotter à cet oiseau.

– Les nouveaux patrons, tu dis. Et les vieux, que sont-ils devenus ?

Il ne répondit pas tout de suite, allongea le pas pour franchir l'entrée du Gaivota, avant de retirer sa casquette pour en secouer la pluie. Même pas le temps de prendre place à une table que le garçon s'était déjà pointé avec une bouteille de bière et deux verres.

– Les vieux patrons ? reprit-il en remplissant les verres. Eh ben ça, mon pote, je suis certain que le mieux placé pour le savoir, on vient tout juste de l'enterrer.

Depuis combien de temps avais-je débarqué à Cananéia ? Pas depuis assez longtemps pour avoir la moindre chance de suivre une telle accélération d'événements. Les urubus planaient en cercle serré au-dessus du petit port de pêche à notre droite. Alicio disait que l'abondance de carcasses et de boyaux les avait rendus obèses. Mais ce n'était pas le cholestérol de ces oiseaux qui occupait mes pensées en ce moment. Je sondai d'un œil Baiano qui sirotait sa bière avec une impassibilité désarmante. Depuis quand n'avions-nous plus eu une conversation décontractée, un défoulement entre amis, comme ces vieux complices que nous avions été ? Et pourtant elle n'était pas si lointaine l'époque où nous descendions coude à coude quelque rampe menant à l'enfer. Pour la remontée, ça va, parfois il empruntait l'ascenseur, mais il m'avait toujours tenu la porte ouverte et la sortie dégagée. Le temps à lui seul ne suffit pas à changer les gens, les sentiments ne sont pas de son ressort. Ce sont les esprits qui font la différence entre ce qui est proche et ce qui s'éloigne. Et ça se cultive.

Je vissai mes yeux sur lui, décidé à ne pas le lâcher, à l'obliger à émerger du fond de son verre. Certes, son retour ne serait pas rapide. À Cananéia, il n'y a pas d'ascenseur.

Je prenais conscience qu'on ne traverse pas le pont de Cananéia sans renoncer à l'impatience de São Paulo. Ferme sur nos anciennes leçons de vie, cette fois-ci, c'était à moi de lui tenir la porte ouverte, pendant qu'il franchissait la dernière marche. Il dissimulait un signe de fatigue derrière sa barbiche longue et pointue, qui m'avait toujours évoqué la détermination figée sur le visage d'un résistant à l'affût dans une rizière vietnamienne.

– Elle s'appelle Taio.

– Taio… ?

Baiano finit sa bière d'une lampée.

– Je m'explique, reprit-il en faisant la grimace comme s'il venait d'avaler un ver. Depuis un certain temps, il y a des trucs étranges qui se passent ici, je ne le nie pas. Mais cela ne m'a jamais touché de près et n'a jamais pris l'envergure actuelle jusqu'à l'arrivée de ton pote.

– Indio Fernandes Pessoa, tu veux dire.

– C'est bien cela, oui. Et tu ferais bien d'éviter de me faire répéter les choses parce que ça m'énerve et tu devrais le savoir. Sans compter cette sale histoire qui me tombe dessus sans prévenir, pendant que tu crois que je me défile ou que je te cache va savoir quel putain de secret. Le pire de tout, c'est que ça risque de nous situer dans la ligne de tir des types mêlés à une putain d'affaire dont nous ne savons rien. Et, faut-il que je te fasse un dessin, tout ça parce que tu vis à côté de la plaque. Tu ne te demandes pas pourquoi cet Indio vient justement te chercher avant de venir crever ici ; ensuite, tu débarques après des années et te promènes dans Cananéia comme un touriste quelconque. Tout en posant des questions qui tuent. Ça te suffit ou tu voudrais aussi une esquisse sur l'arbre généalogique de cette fille ?

J'aimais bien quand il se mettait dans cet état.

– Ce ne serait pas une mauvaise idée.

– Va te faire foutre.

Chapitre 7

Le temps avait sans doute changé Cananéia, avec de nouvelles histoires, mais le mur de la maison paroissiale voisine était toujours recouvert par la même mousse et le crachin qui la faisait reluire tombait avec la même monotonie d'antan. Je m'étais fait surprendre par la nuit en triant le carton d'Indio. J'avais séparé plusieurs cahiers à l'épaisse couverture noire, des photocopies de documents historiques, plusieurs articles de journaux et aussi des cartes géographiques de différentes époques, quelques-unes tracées à la main avec un feutre vert. Je renonçai à classer tout un tas de feuillets, parfois des morceaux de nappe griffonnés d'une écriture presque illisible, non tant à cause de l'humidité que de l'excès de corrections superposées. Tout au fond, dans une chemise rouge, je découvris deux clefs assemblées par un fil en cuivre, une d'une serrure ordinaire ou d'un cadenas, l'autre de type ancien en fer rouillé. Mais ce qui avait le plus retenu mon attention, c'était une photo écornée montrant au premier plan Indio et la fille Taio, souriants. Derrière eux, bien en recul, se tassait un groupe d'Indiens. Raides dans leurs tenues extravagantes, ils rappelaient plus une scène d'un de ces énièmes films sur la conquête de l'Ouest que les pauvres déshérités qu'on était habitué à voir dans les parages. Il y avait quelque chose d'étrange dans cette image. J'avais beau l'étudier de près, je ne savais où elle avait été prise. Pas à Cananéia, à en juger par les pics rocheux qui émergeaient au loin parmi les filaments cotonneux des nuages. L'idée qu'il pouvait s'agir d'une mise en scène pour une fête foraine ou d'un photomontage me vint à l'esprit, mais Indio ne me semblait pas du genre à se livrer au mauvais goût d'une telle représentation. Mais au fond, le connaissais-je, cet homme ? Un type qui se promène avec un vélocipède de sa fabrication pour aller se noyer à plus de trois cents kilomètres de chez lui, c'est tout ce que j'en savais.

Le problème était l'étonnante théorie à laquelle les papiers d'Indio étaient censés donner corps. Je n'avais pas eu le temps de tout lire, mais il ne fallait pas être un chercheur expérimenté pour comprendre qu'Indio avait plongé dans l'histoire de Cananéia depuis sa pierre millénaire jusqu'aux jours actuels, où il affirmait l'existence de descendants de sang du nommé Mestre Bacharel.

Absorbé par l'examen expéditif de mon héritage, je négligeai l'audace des moustiques autochtones qui ne reculent jamais quelle que soit l'épaisseur du tissu à percer.

Je pensais à Indio, mais aussi aux piqûres de moustiques, pour me convaincre qu'au fond cet homme n'était pas différent de tous ces chercheurs d'identité perdue qui peuplent l'Amérique d'un bout à l'autre. Je l'avais juste croisé dans un kiosque à bière pendant qu'il suivait le parfum d'une histoire invraisemblable. Sans pour autant réussir à réprimer un relent de moisi qui semblait l'habiter malgré lui. À présent, les yeux rivés au plafond de cette pièce qu'Indio venait de quitter, qui avait été jadis la mienne et qui, entre-temps, avait saigné les rêves de dizaines de fuyards qui ne tarderaient pas à réintégrer ces mêmes villes qui les avaient tant dégoûtés. Maintenant que l'impérissable mousse du mur de la maison paroissiale enrobe mes pensées avec une sensation d'abandon, comme un rouleau compresseur écrasant tout sentiment, je cherche et ne vois plus net. Je me demande alors comme un forcené où je lui ai trouvé ses qualités, à Indio. Au point de me retrouver ici à me poser des questions qui ne mènent à rien. Et comparer cet air étouffant avec l'ordinaire ennui de mon bureau climatisé.

Je m'étais donc trompé sur toute la ligne ? N'avais-je pas demandé à Baiano de recevoir un homme qui avait montré des qualités hors du commun, avec des idées, étranges peut-être bien, mais des idées tout de même ?

Une tape et j'écrasai un moustique sur le mur. En retirant ma main, je regardais le vermeil de mon sang virer au brun, se perdant entre les dizaines d'autres tapes qui avaient maculé au fil du temps ce même mur. Rien que du sang, sans date et sans origine. Un moustique n'a pas le temps pour ce genre de détails, il pique pour se reproduire. Il n'y a que les humains pour finir leur vie écrasés contre le mur du préjugé par eux-mêmes érigé. De son côté, l'insecte se fiche d'où l'on vient, dès lors qu'on lui fournit à boire. Si Baiano avait pu entendre mes pensées, il aurait tout simplement dit que des gens comme Indio, on en rencontre tous les jours et qu'on finit par leur faire confiance malgré des incohérences pourtant évidentes. En admettant que la cohérence soit une vertu, aurait-il conclu. Mais cela ne m'aurait pas fait avancer d'un centimètre sur la réelle personnalité d'Indio. Il suffit de mettre quelqu'un de très prévisible dans un contexte extraordinaire et il nous surprendra par des réactions inimaginables. Avec un nom comme le sien, Indio avait bien pu rêver toute sa vie, se sentir une sorte de Geronimo de passage à Embu das Artes.

Rien que des réflexions d'un noir poisseux, aiguillonnées par le bourdonnement des insectes et sans rapport avec l'incontestable mort d'Indio et celle de Preto qui l'avait suivie de près. Le sommeil me prit sans prévenir. Je rêvai d'un gros monsieur qui, après avoir signé pour l'achat d'une fastueuse villa, brandissait soudain une épée énorme, m'obligeant à avaler le contrat jusqu'à la dernière feuille.

Le soleil était presque à mi-course lorsque la sueur eut raison du ventilateur fatigué. Je sautai du lit comme si je venais de rater un train. La porte était entrouverte et des feuilles de papier voletaient à mes pieds. Une odeur âcre, étrange, flottait dans la pièce.

J'avais passé une bonne partie de la nuit à chercher un fil conducteur entre des notes éparpillées, concernant des époques et des événements apparemment sans rapport. Même si je ne m'attendais pas à une grande révélation, c'était avec un sentiment de déception que je les avais à nouveau rangées dans leur carton, avant d'éteindre la lumière. Difficile de croire que le pauvre ventilateur, impuissant contre les moustiques, soit responsable de l'évasion de ces feuilles.

Je retirai le carton de sous le lit, tout me sembla en ordre. J'ouvris une chemise au hasard et découvris que certains papiers étaient rassemblés dans un ordre différent de ce que j'avais trouvé. Et il fallait croire aussi que pendant la nuit certaines feuilles avaient abandonné leurs chemises respectives et avaient escaladé le carton pour se répandre au sol et me coller aux pieds.

La voix de Baiano qui parlait au téléphone arriva jusqu'à moi. Je ramassai les feuilles à toute vitesse et, après avoir hésité un instant et sans savoir pourquoi, au lieu de les remettre dans le carton, je les fourrai dans mon sac à dos.

Dans le couloir, la forte odeur de café brûlé me piqua le nez. Courbé sur sa cuisinière, Baiano tournait la manivelle d'un machin rudimentaire où il torréfiait ses fameux grains de café tous les trois mois. Fier de lui, il m'accueillit avec le regard pétillant que je lui connaissais lorsqu'il s'adonnait à ses activités préférées. Avec une touche singulière, il faut le reconnaître. J'étais venu le rejoindre dans la cuisine avec nombre de questions en tête. Mais d'emblée, il était évident que l'ambiance n'y était pas et j'ai fini par lui dire ce qu'il voulait entendre.

– Du *jacu bird coffee,* je suppose.

Il eut un sourire de satisfaction. Il savait que je connaissais l'histoire de l'origine de son café et je savais qu'il aimait chaque fois l'enrichir de détails. Mais il n'y viendrait pas tout de suite. Il jeta d'abord un coup d'œil sur le bleu limpide du ciel à travers la vitre. Puis un autre bien plus appuyé à son citronnier, qui trônait dans la cour du fond, avant de se retourner vers moi avec une grimace de douleur.

– Il va mourir. Un galego chargé de citrons comme il l'est en cette saison, c'est une mort annoncée. Sans explication, c'est comme ça chez eux, dit-il, sentencieux, avant de revenir à sa manivelle. Oui, c'est bien cela, reprit-il en baissant la flamme. Je ne pourrais pas me permettre un café pareil si Pedro, mon fils le biologiste, tu te souviens, ne rendait pas quelque service à la Fazenda Camocim. Il m'a dit que, dernièrement, des producteurs voisins avaient essayé de capturer des oiseaux pour les obliger à manger le fruit du caféier et récolter ensuite les noyaux dans leurs excréments. Mais ça n'a pas marché. Les *jacus* en liberté choisissent les meilleures cerises de café et les noyaux qu'ils chient sont sélectionnés. Alors que ceux en captivité bouffent n'importe quoi.

Intrigué par la façon dont ils étaient arrivés à exploiter l'assaut de centaines de *jacus* sur leurs plantations de café, j'avais suivi un soir un programme de télé sur cette localité, située entre l'État d'Espírito Santo et celui de Minas de Gerais. Ces oiseaux noirs ont plus la taille d'une poule que celle d'un merle. Au début, les paysans tiraient des coups de fusil pour les épouvanter. Mais ils paraissaient immunisés même contre le plomb. Puis, le patron de la Fazenda, de retour d'un voyage en Indonésie, eut l'idée de transformer en business le problème des jacus qui détruisaient ses plantations. Le secret est que ces oiseaux choisissent les meilleurs fruits. Ils digèrent la pulpe et restituent les noyaux dans leurs excréments, mais avec moins d'acidité qu'à l'origine. Il fallait juste laisser aux aguets une dizaine de paysans pour recueillir ces déjections. Résultat, un petit noir vendu à peu près cent dollars le kilo.

Baiano ouvrit son cylindre, renifla la fumée obscure qui s'en échappait. Puis plongea sa main à l'intérieur et la ressortit en faisant sauter quelques grains marron clair dans sa paume, avant de les croquer. Puis il vida le tout sur un torchon blanc étendu sur la table et, après un dernier regard amoureux à ce qui restait de la merde du jacu, il revint à moi.

– Je ne comprendrai jamais cette manie d'appeler les oiseaux *birds* et le café *coffee.*

Si j'avais été un descendant du général Custer, il n'aurait pas été moins brusque. Cela m'arracha un petit rire, auquel il finit par céder, avant de reprendre en affichant une expression émerveillée :

– Dis donc, je ne te savais pas racoleur de gentilles lucioles. Il faudrait juste leur dire de refermer la porte.

Pas besoin d'avoir l'air interloqué, lui-même ne croyait pas à ses propres mots.

– Explique.

– Rien à expliquer. J'ai toujours du mal à trouver le sommeil et je suis descendu pour chercher un bouquin dans la cuisine avant de me recoucher. Tu dormais, on entendait les ronflements à travers la porte. Moins d'une heure après, j'entends le portail grincer. J'ai juste levé la tête et dans le noir, il m'est impossible de dire qui c'était. Mais je suis certain que le portail était fermé à clef. Voilà pourquoi j'en ai déduit qu'il s'agissait de toi. Cela n'a pas duré plus d'un quart d'heure, et elle est ressortie en laissant tout ouvert. J'étais à la fenêtre cette fois-ci, c'était une fille, ou bien quelqu'un qui faisait tout pour le paraître.

Un misérable quart d'heure pour me livrer à une ivresse d'amour. Ce sarcasme n'avait pas pour but d'amuser l'un ou de vexer l'autre, c'était juste un petit recours pour nous donner du temps, des virgules dans les pensées.

Je ne cessais de revoir ces feuilles éparpillées. Il est vrai que j'étais assez fatigué hier pour dormir d'un sommeil lourd. Mais l'idée de quelqu'un s'introduisant dans ma chambre sans que je m'en rende compte était dure à avaler. Quelqu'un d'assez habile pour retirer le carton de sous mon lit et fouiller les chemises.

Nous échangeâmes un long regard. Comme s'il lisait dans mes pensées, il dit :

– Tu crois aux fantômes ?

– Pas plus que toi.

– Et nous nous trompons peut-être, rétorqua-t-il. Mais c'est vrai qu'elle n'en avait pas l'air, trop furtive à mon avis. Quelque chose d'intéressant dans les affaires d'Indio ?

J'hésitai.

– Je n'ai pas tout regardé. Il classait ses papiers n'importe comment. Il revient tout le temps sur les aventures de Cosme Fernandes, le fameux Mestre Bacharel, avec de curieuses divagations sur sa vie intime depuis son débarquement ici jusqu'à sa disparition. Et j'ai trouvé une photo aussi, une drôle de photo à vrai dire. Mais ton café merdique, on a juste droit à l'odeur ?

Pendant que Baiano nous préparait son nectar noir, je retournai dans la chambre. Je voulais lui montrer l'image de Taio et des Indiens en tenue de guerre. Mais après avoir fouillé le carton de fond en comble, passé la pièce au peigne fin, sans oublier les papiers que je venais de ramasser, j'ai dû me rendre à l'évidence : la photo n'était plus là. La chemise rouge était ouverte. Des deux clefs, la plus ancienne avait disparu, tandis que l'autre était maintenant accrochée à un porte-clefs en plastique avec une photo encadrée dedans. Je la retournai dans ma main, et même sans son sourire insolent, le bandana rouge et noir était bien celui de Preto.

Je revins dans la cuisine, et mes doutes sur la véracité de cette intrusion nocturne devaient se lire dans mon expression. L'air vexé, Baiano glissa vers moi une petite tasse.

– Pas de sucre, dit-il, pas de cette saloperie dans ce café-là, s'il te plaît.

Il était réellement délicieux. Malgré les sales pensées que je repassais dans ma tête, je constatai que les papilles gustatives ont une mémoire propre. Au premier contact avec le *bird coffee*, j'eus l'impression qu'elles s'ouvraient à la vitesse d'un tapis se déroulant à l'entrée d'un roi.

– Tu crois que c'était elle ? lui demandai-je après avoir savouré la dernière goutte.

– Je t'ai dit qu'il faisait trop noir. Mais elle connaît bien la maison, et il est possible qu'elle ait gardé un jeu de clefs, conclut-il avec un geste d'impatience.

– Mais pourquoi aurait-elle fait cela ?

Il allait dire quelque chose d'inconvenant mais se retint, avant de demander :

– T'as pas remarqué s'il manque quelque chose ?

Je lui racontai tous mes mouvements à partir du moment où, la veille au soir, j'avais mis la main dans le carton. Il resta un moment pensif.

– Ces papiers que t'as trouvés par terre ?

Je lui fis un signe affirmatif.

– Apporte-les, s'exclama-t-il avec une tape sur la table, on va voir jusqu'où nous mène cette plaisanterie.

Il fallait que Baiano se pique enfin au jeu pour retrouver sa forme. Sa connaissance du lieu jointe à ses entrées dans le milieu universitaire allait nous aider à démêler un écheveau où histoire et légende s'entre-tissaient depuis plus de cinq cents ans.

Nous passâmes au peigne fin les papiers farfouillés par Taio, ou l'un des siens, car cela ne faisait plus de doute. « N'oublie pas que ce sont des Indiens, avait renchéri Baiano, ils bougent sans déplacer l'air. » Après avoir avalé un certain nombre de petits noirs aux chiures d'oiseaux, nous arrivâmes à de premières conclusions, suivant le seul fil logique possible dans ce qui semblait n'être qu'un tas de coïncidences. Un chemin fragile, fantasque même, mais il n'y en avait pas d'autre, et en tout cas il nous mena tout droit à la serrure qui allait avec la clef accrochée au portrait de Preto.

Chapitre 8

C'était l'année 1494. Dans une aube incertaine, le *Soleil couchant* (*Shams Alghurub,* en arabe) jeta l'ancre au large de l'extrême sud de l'île Comprida : une langue de sable couverte d'épaisse végétation qui cachait la côte du nouveau continent sur une longueur de soixante-dix kilomètres. Malgré le faible tirant d'eau de ce fameux navire arabe, ce qui lui permettait, comme les pirogues, de se faufiler et d'accoster à peu près partout, le commandant prenait ses précautions. Il venait d'atteindre les vingt-cinq degrés de latitude ouest. Des eaux inconnues et les ondulations mousseuses devançant la côte à moins d'un mille de la proue de son boutre n'étaient pas faites pour le rassurer.

Caressant de sa main droite la poignée de son légendaire sabre forgé dans un alliage de fer, d'argent et d'or, Khair ed-Din, mieux connu sous le nom de Hayreddin, et dit Barberousse, surveillait la rapidité des manœuvres de son équipage. La dernière voile amenée, il revint à l'observation minutieuse du rivage qu'il venait d'atteindre. Surtout cette petite île rocheuse qui se détachait à moins d'un mille, mais hors de portée de ces traînées d'écume qui révélaient la traîtrise d'un bas-fond sablonneux.

Innombrables étaient les questions qu'il se posait en ce moment ; maigres les réponses. Mais, en plus des étoiles qu'il avait vues s'éteindre et puis se rallumer dans de nouvelles constellations pendant la traversée, il était certain d'une chose : dans ces eaux-là, aucun pêcheur d'Orient n'avait jamais jeté son filet. Il venait de loin, Barberousse, d'encore plus loin que le Génois quand il avait atteint la côte de Cuba deux ans auparavant[1].

Même si les drapeaux hissés sur leurs navires respectifs n'arboraient pas des couleurs identiques, l'audace de ces deux marins courait les mers, d'un bout à l'autre du monde connu.

Bien qu'on s'obstinât à le considérer comme un pirate dangereux, le talent de ce redoutable commandant minait déjà à l'époque le sommeil des puissants rois chrétiens. Il est évident que ces deux grands marins ne jouaient pas sur le même tableau, l'un étant un explorateur et l'autre un stratège militaire. Les ambitions personnelles d'Hayreddin Barberousse dépassaient les intérêts de l'Empire ottoman, où il était un amiral décoré. Non seulement il n'ignorait rien des expéditions successives de Christophe Colomb à la recherche des « Indes » par l'Ouest, mais il en avait été en quelque sorte le précurseur frustré.

Bien avant le départ de Colomb, lassé des raids entre la Méditerranée et les côtes de Madagascar, il avait tout fait pour convaincre le sultan d'appuyer une campagne à la recherche de nouvelles terres, prenant le large depuis la côte ouest de l'Afrique.

Ce champion de la stratégie militaire était aussi un passionné d'histoire. Il n'ignorait pas que déjà au temps

1. Découverte de Cuba par Christophe Colomb en 1492.

de Cléopâtre on savait que la lune affectait les marées ; que la terre était ronde et tournait autour du soleil ; on connaissait l'existence de l'Équateur ; qu'on pouvait naviguer depuis l'Espagne jusqu'aux Indes et que Cléopâtre même avait eu l'intention de le faire dans le sens contraire.

De toute façon, que le monde fût rond ou pas n'était pas la question. Et trouver une autre voie pour l'Inde n'était pas exactement une priorité pour l'Empire ottoman qui dominait déjà les routes de l'Orient, au grand dam des Génois et des Vénitiens.

Pour la réalisation de son projet, Hayreddin Barberousse s'appuyait sur des informations recueillies durant ses explorations du littoral africain. Depuis Djibouti jusqu'au canal du Mozambique, il avait accumulé des récits consistants provenant du lointain royaume d'Oyo et Taomé[1], selon lesquels des navigateurs du peuple yoruba, souvent fourvoyés par la tempête, auraient échoué sur une terre qui ne ressemblait en rien à celle d'où ils venaient. Puisque pendant cette traversée la lune n'avait changé qu'une seule fois, ces marins en déduisaient que la distance en ligne droite entre les deux rivages ne pouvait pas être si grande pour que certains des naufragés ne tentent pas un retour chez eux.

Ce fut pendant une escale forcée de sa flotte à Zanzibar que Hayreddin Barberousse eut la preuve que tout cela n'était pas des contes de pêcheurs et que cette terre existait bel et bien. L'information se révéla exacte. Avec ses deux mâts inclinés typiques, il n'eut aucune difficulté à identifier le *Shango* de Dele Akinola qui était à l'ancre juste à l'entrée de la baie.

1. Actuels Nigeria et Bénin.

Ce navigateur à la peau d'ébène et dont la taille dépassait les deux mètres était devenu une légende qui, bien ou mal, effrayait autant les Arabes que les chrétiens. En fait, on n'en savait pas beaucoup sur cet homme, pas même d'où il venait exactement. Il était pirate et magicien, on jurait que les esprits des abîmes marins lui étaient familiers au point de soulever pour lui des ondes gigantesques entre son *Shango* et les navires qui le poursuivaient. C'était certainement un pirate redoutable, mais son étrange sérénité et une intelligence hors du commun le rendaient insaisissable.

Hayreddin Barberousse et Dele Akinola ne s'étaient jamais rencontrés auparavant. Mais dès que Hayreddin Barberousse apparut à l'entrée de la taverne, le géant noir lui adressa un grand sourire, tout en hochant la tête en signe de bienvenue.

Nous ignorons tout des sujets abordés à cette occasion par ces deux loups de mer pendant qu'ils ingurgitaient une considérable quantité d'ouzo, boisson alcoolisée au goût d'anis. Il est certain que, bien ferme sur ses deux jambes, Hayreddin Barberousse regagna son navire et reprit la mer à l'aube.

Pendant le trajet jusqu'aux côtes turques, il se recueillit dans sa cabine où, selon les témoignages de ses seconds, il prenait ses repas toujours entouré par des cartes qu'il avait tracées ou des manuscrits qu'il n'arrêtait pas de corriger et classer suivant un ordre tout à lui.

Après avoir essuyé le dédaigneux refus du sultan de Constantinople d'appuyer un aussi audacieux qu'inutile projet – la traversée de l'Atlantique du Sud –, nous n'avons plus de sources fiables pour savoir ce que devient notre amiral. Certes, si l'on veut suivre les innombrables récits dont la fiction se nourrit, il existe tout un éventail de théories. L'une plus fantasque que l'autre, où notre héros est à la fois un marchand d'esclaves qui fait fortune au bord du Nil, l'homme recherché numéro un du sultan à qui il aurait volé sa concubine préférée ou, plus vraisemblablement, ce mystérieux coureur des mers qui, même ayant jeté à l'eau ses blasons et son armure, ne choisissait pas ses cibles au hasard. Il n'attaquait jamais la flotte impériale.

Mais tout cela n'est que conjectures. Délires de vieux marins accablés par le scorbut et pris à la lettre par des conteurs d'excursions à la plume facile. Il est à supposer qu'après avoir vu ses rêves de conquête réduits en poussière par le pragmatisme impérial, Hayreddin Barberousse traversa une période où lui-même ne savait plus s'il agissait comme un pirate, comme on l'a toujours qualifié, ou s'il obéissait encore aux intérêts du souverain, au nom et aux besoins de son propre peuple.

Toujours est-il que, des années durant, sa réputation d'impitoyable maître des mers intérieures redoubla d'intensité. Ses abordages de navires furent de plus en plus terribles et, semble-t-il, on ne faisait plus parfois la différence entre un drapeau et un autre. Mais il s'agit ici, une fois de plus, de pures suppositions. Pas de document à l'appui sur la prétendue sauvagerie du grand amiral qu'il était.

Ce qu'on connaît de lui avec certitude, nous le devons à des documents retrouvés chez les descendants d'un fiscaliste de l'émir Abu Abd Al·lâh « az-Zughbî », Mohammed Ben Abî al-Hassan ʿAlî, mieux connu comme Boabdil par les chrétiens de Castille.

À la suite de l'occupation de Grenade par les Rois Catholiques en 1492, et la transcription en termes peu glorieux de la rapide reddition de l'émir, ce fiscaliste avait emporté dans sa fuite plusieurs liasses de manuscrits. Dans sa course périlleuse jusqu'à Fez, beaucoup des documents que cet homme prétendait remettre au Grand Sultan d'Égypte finirent par se perdre entre tempêtes de sable et assauts de brigands. Il n'atteignit jamais Le Caire et il nous reste bien peu d'informations sur ces manuscrits. Même ainsi, le nom de Hayreddin Barberousse y revient souvent et en grandes lettres. Comme si cet amiral – jamais l'auteur des manuscrits n'usait du mot pirate pour le désigner – pouvait être l'homme capable, en ces temps de marchandage, de restituer la grandeur et l'honneur propres à la nation arabe.

Il est difficile d'établir à quel moment la réputation de l'encore jeune Hayreddin Barberousse se répandit, jusqu'à faire rêver Arabes et juifs persécutés par les souverains catholiques à l'existence d'une nouvelle patrie en terre ottomane.

Sa flotte avait été entre-temps réinventée, bâtie en mêlant astucieusement la légèreté et la vitesse des navires arabes et une ingénieuse combinaison de voiles latines et triangulaires, à une époque marquée par l'imposante envergure des voiliers ibériques. Sans oublier une puissance de feu redoutable. On peut penser que ce fut après le différend qui l'opposa au sultan de Turquie que la zone d'influence politico-militaire de l'amiral se déplaça de plus en plus vers les côtes ibériques. C'est seulement ensuite qu'il commença à explorer les côtes de l'Afrique, s'aventurant, paraît-il, bien plus au sud de Madagascar.

La prise de Grenade par Ferdinand n'empêcha pas notre amiral, bien armé, de continuer à jeter l'ancre dans la baie d'Almeria jusqu'à Cadix. Parmi les documents retrouvés à Fez, même très mal conservés, certains livrent des détails révélateurs sur l'envergure des missions d'espionnage des hommes de Hayreddin

Barberousse envoyés dans l'arrière-pays d'Espagne, s'enfonçant bien au-delà de la frontière avec le Portugal.

Nous sommes alors à l'époque qui suivit l'application du décret du 31 mars 1492 édité par les souverains espagnols, selon lequel Arabes et juifs devaient quitter le continent en laissant leurs biens. Nombreux furent alors les juifs qui traversèrent la frontière avec le Portugal qui, attiré par leurs richesses, leur promettait un asile incertain.

Sensibles aux conseils d'Isaac Abravanel, le trésorier des souverains qui avait à ce titre financé leurs campagnes militaires, mais aussi du grand rabbin Abraham Senior, les Rois Catholiques se rendirent vite compte du vide laissé par le départ des juifs. Dès novembre 1492, ils firent savoir dans les royaumes voisins et au Maghreb qu'ils autorisaient leur retour et restitueraient leurs biens à ceux qui se feraient baptiser.

Un nombre assez important de juifs repliés au Portugal revinrent ainsi par Badajoz et Ciudad Rodrigo, et acceptèrent de devenir *conversos* dans l'espoir de récupérer leurs biens vendus quelques mois plus tôt.

Maître Cosme Fernandes, qui allait être mieux connu au Brésil sous le pseudonyme de Bacharel, ne faisait pas partie de ces notables juifs qui cédèrent aux promesses des rois espagnol et portugais. Grâce à son influence politique dans les hauts rangs de la cour, il savait qu'avec le pouvoir que Torquemada exerçait alors sur le pape Innocent VIII, il n'y aurait plus de place dans ces terres pour tous ceux suspectés de sacrilège. Maître Cosme Fernandes avait de bonnes raisons de s'attendre au pire, descendant d'une lignée qui remontait à l'ordre du Temple. Après la persécution de ses membres, aux XIIIe et XIVe siècles, les survivants furent accueillis par le Portugal et fondèrent les Cavaliers de l'ordre du Christ dont fit partie dom Henrique, fils du roi portugais. À l'abri de sa bannière, les juifs, Arabes et intellectuels persécutés par l'Inquisition européenne obtinrent protection. Parmi lesquels on retrouvait ces cartographes et navigateurs de renom qui donnèrent vie à l'École de Sagres qui avait fait de Cosme Fernandes un maître ingénieur redouté par l'Église.

Nous ne savons rien de son état d'âme lorsqu'il confia son cheval à un paysan, avant de disparaître sur une plage de l'île du Phare, dans l'extrême sud du Portugal, et puis de s'embarquer sur un petit bateau qui le transporta jusqu'au *Yaqhar* : un boutre de quarante mètres à trois mâts inclinés en avant, sous le commandement d'Abel, commandant en second de la flotte de Hayreddin Barberousse.

Mais ce ne fut pas avec le *Yaqhar* que maître Cosme Fernandes traversa l'Atlantique et vit pour la première fois la côte américaine. Surtout cette île rocheuse où il allait fonder sa légende.

Pendant que, sur le pont de son majestueux *Shams Alghurub,* Hayreddin Barberousse observait les manœuvres de ses marins, maître Cosme Fernandes, ou le futur Brésilien Bacharel, parcourait du regard la ligne mousseuse d'une plage sans fin.

Chapitre 9

Cela ne faisait pas de doute. La baraque de Preto avait été fouillée de fond en comble.

– C'est étrange, dit Baiano, retirant ses lunettes pour se frotter les yeux.

La lumière chez Preto était réduite à une ampoule crasseuse pendant au bout d'un fil accroché au plafond. Nous étions assis côte à côte sur un banc en fonte dont les pieds étaient encore enfoncés dans des morceaux de béton récupérés dans un lieu public. Un gamin, qui paraissait être un intime des lieux, assistait à notre lecture en décrochant des parois en bambou soit un poignard soit une mâchoire de requin pour lui arracher une dent.

Dès notre arrivée, Piradinho, ainsi avait-il dit s'appeler, ne nous avait pas quittés une seconde. Il s'était d'abord moqué de nos tentatives pour insérer la clef du portrait dans le loquet qui verrouillait l'entrée, avant de l'ouvrir lui-même d'une petite pression des doigts. Ensuite, il nous avait introduits dans les lieux en donnant un coup de pied à la base de la porte.

On ne pouvait pas dire que Preto était un champion de la propreté. Sa maison tenait en une seule pièce, avec un hamac suspendu en diagonale au-dessus d'un sol en terre battue, jonché de toutes sortes d'épaves. Ça sentait la sueur rancie mêlée aux relents d'une feijoada fermentée, probablement son dernier repas. Pas de frigo ni de télé, juste une glacière portable où dans l'eau tiédasse flottaient des cadavres de bières. Pour armoire, des caisses empilées en plastique blanc, de celles qu'on voit chez les poissonniers. Clef à la main, nous commençâmes à fouiller dans le tas de débris à la recherche de la serrure correspondante. Les yeux brillants de malice, Piradinho nous laissa faire pendant un bout de temps. Avant de sortir à toute vitesse et de revenir aussitôt avec une boîte rouge dans les bras. « J'imagine que c'est ça que vous cherchez ? » fit-il. Baiano l'examina de tous les côtés. C'était une de ces petites caisses en plastique étanche, en usage chez les gens de mer pour y garder le nécessaire des premiers secours. Elle était fermée, mais nous avions la bonne clef. À l'intérieur, pas de médicaments : une enveloppe contenant une dizaine de photos de Preto et d'Indio souriant sur un fond de mer turquoise ; six billets de cent réals et un épais cahier à spirale. Celui que Baiano retournait maintenant dans ses mains comme pour trouver un sens aux premières pages que nous venions de lire.

– Bien étrange, soupira-t-il. Pourquoi cacher ce manuscrit ici et ne pas le joindre à tout ce qu'il t'a laissé à la maison ? Ou bien ce n'est pas son écriture ?

C'était bien la sienne. Les lettres en italique inclinées vers l'arrière étaient bien de sa main.

– Je ne sais pas, dis-je en regagnant la sortie. C'était peut-être ici qu'il trouvait l'inspiration.

En démarrant la voiture, je lui demandai :

– Qu'en penses-tu ? Ce qu'il dit là-dedans n'a rien à voir avec tout ce qu'on savait sur le débarquement de Bacharel. Surtout, les dates ne correspondent pas.

– Oui, répondit-il, le regard fixé droit devant lui. Ça pourrait être de la fiction, mais il ne me semble pas qu'Indio se préoccupait de style. Et puis ces rappels en bas de page, rien que des chiffres et des lettres. Ce ne sont pas des références claires pour un lecteur quelconque. Pour des historiens peut-être, ne serait-ce que pour déchiffrer les notes qui ont l'air d'être en yiddish. Des inventions fleuries sur Bacharel, il y en a plein.

– Sans doute, mais il se trouve que jusqu'ici aucun de ces fantaisistes ne s'appelait Fernandes et n'avait pour mère une Cosme. Il faudrait le lire jusqu'au bout.

– C'est exact. En tout cas, il est difficile de croire qu'une énième version sur le débarquement de Bacharel ici puisse provoquer deux morts.

Son scepticisme reprenait le dessus. Il tourna à droite dans la rue Tristão Lobo et arrêta la voiture face au bistrot de Miguel. Sur le trottoir, un jeune couple se disputait autour d'une table à moitié occupée par des bouteilles de bière vides. À l'intérieur, pas de places assises, un match de foot passait sur un écran géant, une attraction irrésistible. Nous nous accoudâmes au comptoir, Miguel nous servit, sans perdre une seconde du jeu. Baiano vida son verre d'un coup sec et le remplit à nouveau.

– Je me demandais, dit-il, refusant les amuse-gueules qu'un garçon aux cheveux huileux lui avait mis sous le nez, pourquoi Indio t'a mêlé à cette affaire. Pourquoi toi, je veux dire. Si j'ai bien compris, vous vous êtes connus par hasard et comme par hasard tu connaissais Cananéia, le lieu où il est venu mourir.

Il disait vrai, ça faisait beaucoup de hasards. Vania, c'était le nom de cette fille, une Roumaine, qui m'avait donné rendez-vous à Embu das Artes le jour où j'avais connu Indio. Ne la trouvant pas pour notre entrevue et n'ayant pas son numéro, j'étais contraint d'essayer de la joindre à la faculté d'anthropologie où elle était censée préparer un doctorat. Son directeur, une vieille connaissance à moi à qui je l'avais présentée à l'époque, m'informa qu'elle venait tout juste de rentrer à Bucarest fraîchement diplômée avec mention spéciale. Je n'avais alors pas attaché d'importance à cet épisode, rien qu'un contretemps. Maintenant, j'aurais bien aimé poser une ou deux questions à Vania.

Baiano attendait le résultat de mes réflexions.

Il était bien possible que cette fille ait connu Indio. Elle était venue au Brésil pour passer un doctorat sur le choc culturel de la conquête des Amériques. Je l'avais aidée à se familiariser avec le milieu universitaire.

Penalty ! À deux minutes de la fin. Les supporteurs de l'équipe fautive se levèrent d'un bond, prêts à arracher l'arbitre de l'écran pour le réduire en bouillie. Baiano commanda une autre bière. Il ne jouait pas dans la même cour qu'eux.

– Ça colle, dit-il après un temps. Indio à la recherche de ses supposées origines et ton amie avec son doctorat. Mais cela m'étonnerait qu'on se donne du mal pour éliminer quelqu'un pour que dalle. Qu'est-ce qu'on en a à foutre de qui est arrivé le premier ici ? Tant que cela ne dérange pas le business.

– Suivez l'argent, pensai-je à haute voix. Mais j'ai du mal à croire qu'Indio ait été motivé par l'argent.

– Lui peut-être pas, mais Preto ne crachait pas dessus. D'ailleurs, rien ne nous dit que les deux morts soient liées. Je veux bien reconnaître que Preto ne s'est pas suicidé mais, pour ton ami, il est tout simplement mort noyé, jusqu'à preuve du contraire.

Je parvins à régler l'addition. La nuit s'annonçait étouffante. La petite place Martim Afonso de Sousa était déserte. Trop tard pour les taxis, qui avaient déjà quitté leur station, trop tôt pour les dealers de la banlieue. À la recherche d'une légère brise qui nous rafraîchisse les idées, nous prîmes par la Beira Mar. Un ferry presque vide manœuvrait pour l'amarrage. Immobiles, les silhouettes des cocotiers soulignaient l'indolence d'un ciel exténué.

Le Dedo de Prosa était en train de baisser le rideau mais la propriétaire ne nous refusa pas le coup de l'étrier. Baiano leva et reposa plusieurs fois son verre, avant de le vider à petites gorgées. Il avait du mal à afficher son calme habituel. Il avait tout fait pour continuer à ignorer l'affaire et il était finalement tombé en plein dedans. À ses brèves œillades, je devinais qu'il me rendait toujours responsable d'avoir miné son repos.

Il se faisait tard, j'avais envie de rentrer à la maison et d'avancer dans ma lecture.

– Il serait bon de faire une copie de ce cahier, dit Baiano, me devançant. J'aimerais le soumettre à un professeur de la faculté d'histoire, un ami à moi.

– Bonne idée. Il faudrait aussi…

– Je sais, me coupa-t-il, Taio. Cette fille est aussi insaisissable que la rosée sur une toile d'araignée, mais j'ai une idée. Eh ben, pourquoi tu te marres ?

– Je ne me moque pas, c'était un sourire d'admiration. « … sur une toile d'araignée », je ne te savais pas poète.

– Ça va. T'as les clefs, j'ai un truc à faire, on se voit demain matin.

Chapitre 10

« *L'islam a commencé à l'étranger et il finira à l'étranger. Le paradis est aux étrangers.* » Hayreddin Barberousse ne fera pas exception. À la différence de ses ancêtres colonisateurs, qui franchirent déserts et chaînes montagneuses, lui allait défier l'infinité de l'océan.

Le premier jour du mois d'octobre, le *Shams Alghurub* leva l'ancre depuis une crique dans la baie de Daomé[1]. Il longea la côte vers le nord jusqu'à hauteur de l'actuelle Guinée-Bissau, avant de déployer ses deux cents mètres de voiles aux vents alizés qui le poussèrent jusqu'au Cap-Vert. Il atteignit l'archipel sans accidents notables. Puis il contourna prudemment l'île de Sal et navigua presque en ligne droite en direction de l'île São Nicolau qui, à en juger par sa luxuriante végétation, était l'endroit idéal pour se ravitailler. Hayreddin Barberousse attendit la nuit avant d'accoster et y débarquer une quinzaine d'hommes. Il ne s'attarda pas sur place. L'ingénieuse combinaison entre la performance originale d'un boutre et les toutes dernières inventions de l'École navale de Sagres, apportées par maître Cosme Fernandes n'était pas suffisante pour dominer la marine portugaise.

1. Actuel Bénin.

Les alizés en poupe, il reprit le large le 7 octobre 1494. Son intention, sûrement selon les conseils de Dele Akinola, était de mettre le cap à l'ouest-sud-ouest, profitant des vents qui devaient lui être favorables jusqu'au bout. À l'aide du kamal, instrument que les navigateurs arabes utilisaient pour garder le cap sur une latitude déterminée, il prétendait toucher terre sans franchir la ligne équatoriale. Ce qui lui prendrait au total, selon ses calculs, une vingtaine de jours de mer. La nuit du 15 octobre, les voiles inertes sous une pluie incessante, il dut se rendre à l'évidence que ses calculs étaient faux et qu'il venait d'entrer dans la zone de basse pression équatoriale. Après avoir jeté deux marins par-dessus bord pour insoumission, il mit le cap tout à l'ouest dans l'espoir de reprendre du vent. Mais le *Shams Alghurub* se retrouva bientôt au milieu d'une tempête qui le fit dériver de plus en plus vers le sud. Jusqu'à risquer le naufrage sur des îles rocheuses[1], si son équipage n'avait été si habile. La pluie cessa, mais ils étaient maintenant sous vent contraire, ce qui l'obligeait à maintenir le cap au sud-ouest. Sans le savoir, ils longèrent vers le sud la côte du nouveau continent pendant presque mille trois cents milles, avant de jeter l'ancre à l'extrême sud de l'île Comprida, le 3 novembre 1494.

La norme veut qu'en approchant une terre inconnue, on envoie des bateaux en reconnaissance avant d'organiser le débarquement. Le soleil montait au zénith, Hayreddin Barberousse hésitait toujours. Exténués par plusieurs semaines en mer, ses hommes attendaient avec impatience un ordre de leur commandant, qui ne cessait d'explorer la côte à l'aide de sa précieuse longue-vue.

1. Actuel archipel Fernando de Noronha.

Indio Fernandes Pessoa ouvre ici une incise : « … à la joie d'historiens qui par ignorance ou assujettissement ne font que chanter la gloire de la soi-disant civilisation judéo-chrétienne, qui a bâti sa domination au long des siècles en pillant la richesse et le savoir d'autres nations ». C'est ainsi, toujours selon Indio, que l'invention de la longue-vue est attribuée à tort entre le XVIe et le XVIIe siècle au Néerlandais Hans Lippershey. Alors que, dès le XIe siècle, le savant arabe Ibn Alhazen avait déjà écrit son *Traité d'optique* (en arabe : *Kitab al-Manazi*). Ce grand physicien et mathématicien arabe, pionnier de l'optique après Ptolémée, poussa ses recherches bien au-delà de la conception de loupes. Il avait énoncé la proposition selon laquelle un rayon de lumière, en passant à travers un milieu homogène, choisit le moyen le plus simple et le plus rapide. Ce qui lui permit d'expliquer le phénomène de corps célestes à l'horizon.

« Ce n'est qu'une longue-vue, conclut Indio, à peine une goutte d'eau dans l'océan de mensonges que les Européens ont interposé entre eux et l'Amérique. J'en suis certain, le jour où nous pourrons regarder tout cela du dessus des nuages, alors nous comprendrons combien les falsifications historiques ont conditionné le futur de l'humanité. »

Hayreddin Barberousse abaissa sa longue-vue et, sans lâcher du regard la ligne côtière, se tourna vers l'homme coiffé d'un tricorne qui se tenait à son côté.

– Maître, si vous avez un dieu, c'est le moment de lui demander où il vous a conduit.

Rempli de pensées dans lesquelles Dieu ne trouvait pas sa place, maître Cosme Fernandes fixait la surface ondulée de l'eau. Il ne savait pas ce que l'amiral avait aperçu dans sa longue-vue, mais il n'avait pas besoin de lui poser la question pour savoir que face à eux s'étendait la légendaire Terre du Milieu.

Après avoir effectué plusieurs traversées de l'Atlantique, Christophe Colomb mourra avec la conviction d'avoir découvert la voie à l'ouest pour les Indes. Selon l'histoire officielle, insinue ici Indio, le passage du Boujdour serait redouté par les navigateurs portugais en raison de la difficulté du retour, le chemin inverse étant contraire aux vents dominants. Néanmoins, déjà avant l'expédition espagnole, certains navigateurs liés à l'École de Sagres discordaient. Ils connaissaient l'existence d'une terre démesurée qui balisait la frontière entre l'Occident et l'Orient.

Maître de cette école, Cosme Fernandes avait à coup sûr eu confirmation de ses études, selon lesquelles la distance parcourue par les caravelles de Colomb ne faisait pas la moitié du chemin pour atteindre les Indes par l'ouest. C'est une drôle de coïncidence qu'au même moment l'amiral Hayreddin Barberousse soit arrivé aux mêmes conclusions, croisant les récits recueillis sur la côte ouest de l'Afrique avec les cartes dessinées sur une peau de gazelle par l'Ottoman Piri Reis, où ce géographe détaille les côtes occidentales de l'Afrique et les côtes orientales de l'Amérique du Sud. Mais la question se pose, à une époque où la communication est très difficile, de savoir où et comment le savoir d'un scientifique juif portugais rencontre l'ambition d'un amiral aventurier ottoman. Au point que l'un se retrouve bientôt à bord de l'expédition de l'autre.

À ce moment, Indio se livre à un tas de dissertations qui l'éloignent du sujet central. L'amenant à formuler des hypothèses qui finissent par l'associer à ces « historiens manipulateurs » qu'il prétendait démasquer. Toutefois, ce qu'on peut raisonnablement en retenir, c'est l'accueil du souverain ottoman qui reçoit Arabes et juifs expulsés des Ibéries. Mais surtout son admiration pour ce fiscaliste qui avait fui Grenade pour Fez et qui fut recueilli par Hayreddin Barberousse. Il n'est pas trop osé de déduire que ce dernier aurait eu accès aux documents que le fiscaliste avait emportés avec lui, dont le contenu nous fournirait de précieuses indications pour identifier la source des données géographiques. Parmi ces manuscrits rédigés en arabe, il y avait des feuilles différentes des autres, non pas par la seule qualité du papier mais par la spécificité de la langue. Ce mélange entre un journal intime et une étude sur une dénommée « Terre du Milieu » n'était pas en yiddish, langage adopté par de nombreuses communautés juives qui varie d'une région à l'autre. Il s'agissait là d'un hébreu pur et dont le style révélait un homme de culture à l'éducation raffinée.

Maître Cosme Fernandes n'était pas un homme de petite taille. Dans la vigueur de ses vingt-quatre ans, il était plutôt bien bâti et on aurait pu le prendre pour un militaire sans le mélange d'élégance et de sobriété qui se dégageait de ses manières. Mais même ainsi, côte à côte à tribord, Hayreddin Barberousse le dépassait d'une tête.

– Les dieux, amiral, répondit-il au bout d'un moment, sont très occupés à retenir les flammes de l'enfer qui embrasent l'Europe, pendant que nous sommes à la porte du paradis.

À l'admiration qu'Hayreddin Barberousse avait pour cet homme de science s'était ajouté pendant le périlleux voyage un sentiment de respect et de complicité. Le téméraire amiral de l'Empire ottoman, supposé pirate et sanguinaire, s'était fait surprendre par la sagacité que le maître avait montrée dans les moments les plus difficiles de la traversée.

Hayreddin Barberousse tamponna son front et son cou avec un mouchoir rouge. La chaleur était étouffante, à peine allégée par la brise du bateau en mouvement.

– Le paradis, vous dites ? Voulez-vous jeter un coup d'œil à cette plage juste en face et à cette autre, là, plus loin sur la gauche ?

Cosme Fernandes prit la longue-vue que l'amiral lui tendait et parcourut le bord des côtes qui se déroulaient face à eux. Il abaissa la lunette avec un petit sourire.

– Ça remue pas mal là-bas. Ils sont quasi nus mais armés. On dirait des bâtons mais, d'après les esquisses que nous détenons, ça pourrait aussi être des arcs. Il est certain qu'on a dérivé bien plus au sud par rapport aux régions qu'on voulait atteindre, mais les autochtones doivent avoir à peu près les mêmes habits.

Hayreddin Barberousse ricana.

– Dans ton paradis, on se bouffe les uns les autres ? Parce que, me semble-t-il, ce n'était pas qu'un conte des Oyos vu que, d'après tes informations, des naufragés portugais ont aussi été pris pour du gibier dans ces parages.

– C'est possible, convint Cosme Fernandes. Mais quand la liberté se réduit à ne pas être enterré dans une geôle ou rôti sur une place publique remplie d'abrutis véreux, la perspective d'être digéré par de bons estomacs est de loin préférable.

Hayreddin Barberousse étouffa un rire, mit son chapeau et frotta sa barbe drue. Les mille batailles qu'il avait vécues ne l'avaient pas transformé en une machine de guerre. Sensibilité et détermination étaient les attributs qui avaient fait de lui une légende vivante. Au début, il s'était demandé comment allait se débrouiller son ami le maître avec les autochtones, vraisemblablement belligérants, pour réaliser ses rêves : un chantier naval futuriste dans la Terre du Milieu. Cependant, il devait reconnaître que, malgré son maniérisme, ce jeune homme au tricorne, toujours rasé de frais quelles que soient les circonstances, continuait de l'étonner. Il était bien capable de séduire ces créatures qui fourmillaient là-bas jusqu'à les persuader qu'ils étaient des charpentiers-nés.

Et quant à lui, que cherchait-il au juste ? La richesse était le dernier de ses soucis, il avait assez d'or pour acheter toute une flotte et en faire cadeau au sultan Zizim. Oui, une flotte flambant neuve armée de pied en cap dans cette même terre que le sultan avait maladroitement négligée par peur de perdre le monopole sur les routes d'Orient. Et maintenant elle était là, cette terre, presque à un tir de canon, et elle était sienne. Le cadeau qu'il allait offrir à son peuple, sa meilleure revanche.

On dit que les hommes de mer n'ont pas besoin de parler pour communiquer. Rien n'est plus efficace que la promiscuité au long cours à la merci du grand large pour sonder les esprits jusqu'aux recoins les plus intimes. Hayreddin Barberousse et maître Cosme Fernandes venaient de défier ensemble la mer ténébreuse, ils avaient d'abord fait face à ses abîmes intérieurs et gagné l'océan ensuite.

Hayreddin Barberousse approuva du chef une pensée que son ami n'avait pas encore exprimée.

– Oui, mieux vaut ne pas les effrayer d'emblée en débarquant à coups de couleuvrine. Nous ne savons rien sur eux. Trente hommes contre l'inconnu, il n'y a pas d'arme qui tienne.

– Vous dites vrai, amiral. Nous devons mettre en place une tactique de rapprochement graduel. Tout être défend instinctivement son territoire lorsqu'il se sent attaqué. Nous devons gagner leur sympathie, nous serons alors des invités. Pour l'instant, on n'a pas le choix, ajouta-t-il, après on verra bien.

– Je n'aimerais pas vous avoir comme ennemi, mon cher. Nous avons cette île, là, fit l'amiral en pointant la longue-vue sur la silhouette rocheuse qui se dessinait à peu près à un mille à bâbord. Je l'observe depuis un bon moment et je n'ai remarqué aucun mouvement. Elle a l'avantage de se trouver en deçà de ce cordon littoral, dont la turbulence devrait dissuader une approche avec leurs embarcations probablement rudimentaires. Il y a une crique juste au milieu, une dizaine d'hommes armés pourrait y descendre pour inspecter les lieux. Nous sommes à court d'eau.

Au fur et à mesure qu'on avançait dans son histoire, l'écriture d'Indio devenait plus fluide et riche en détails. Les chiffres séparés par des lettres qu'il alignait en bas de page semblaient indiquer une référence à des documents consultés. Mais rien de tel ne figurait dans ce que nous avions de lui et j'avais du mal à croire qu'il aurait pu avoir accès à un parchemin d'époque où il aurait recopié des dialogues aussi précis. Du travail pour les amis universitaires de Baiano.

Chapitre 11

Des coups frappés à ma porte m'arrachèrent à un sommeil tourmenté par des apparitions de morts noyés qui vociféraient des mots incompréhensibles.

– Dépêche-toi, faut y aller.

Inimitable, la voix de Baiano me ramena immédiatement à la chaleur moite de ma chambre. J'ouvris les rideaux et regardai l'aube hésitante et grise. J'avais dormi, moustiques à part, pas plus de deux heures.

Sur la place déserte, l'obélisque dédié à Martim Afonso de Sousa, surplombant deux canons, évoquait un vestige écaillé tombé d'une autre planète. Le premier ferry du matin pour l'île Comprida lançait son appel aux retardataires. Je m'engageai dans un passage coincé entre deux bâtisses dont les propriétaires, après avoir rongé le dernier centimètre au sol, s'étaient ensuite étendus en hauteur, transformant en boyau obscur ce qui avait été une ruelle pittoresque menant aux anciens chantiers navals de Cananéia.

Rosario m'attendait debout sur son *Perola negra*, un hors-bord de 120 chevaux avec lequel il gagnait sa vie en promenant des pêcheurs ou des curieux comme moi. Mon espoir d'embarquer incognito pour l'île de Cardoso fut vite frustré.

– Salut, le gringo. Alors là, les revenants, ça ne manque pas chez nous. Dis donc, t'aurais pas pris un coup de vieux, toi ?

Lui, par contre, n'avait pas changé d'un iota. Toujours le même sourire indéchiffrable sur un visage où les yeux formaient deux fentes enfoncées éclairées de lumière noire. Ce n'était pas tant son regard que sa peau qui frappait : ridée, parcheminée ou plutôt couturée. Masque marqué par les traits d'une vie érodée par la violence de la nature. Rosario avait l'âge de la mer. Il était à Cananéia ce qu'une cariatide est à une colonnade.

– Baiano n'est pas là ?

– Tu sais comment c'est, fit-il, hésitant sur la manette de démarrage, un passager ou dix ça revient au même, sans compter le pourboire du guide.

Ça, c'était lui aussi. Une fois les pieds dans son bateau, il ne connaissait plus personne. Pas assez réveillé pour marchander sur le prix, je me soumis à l'impôt ordinaire appliqué aux gringos.

Avec la marée descendante, il était capital de contourner les bancs de sable qui, dans la baie de Tramandé, se formaient et se déformaient suivant les saisons et les courants. Rosario aurait pu y naviguer sans encombre par une nuit sans lune et totalement soûl. Accompagnés par les pirouettes des dauphins, nous doublâmes l'île de Cananéia cap au sud. J'étais curieux de savoir ce que Rosario avait à dire sur la mort de Preto. Lorsque je lui posai la question, hurlant par-dessus le bruit du moteur, je crus voir une larme descendre entre ses rides. Ou bien c'était le vent dans ses yeux. Quelque chose me disait que mieux valait ne pas insister. Le bateau planait sur la surface gris acier de la mer, se fondant au loin avec un ciel qui avait du mal à laisser percer les premiers rayons de soleil. La baie de Tramandé est une constellation de petites îles, certaines juste assez grandes pour abriter deux ou trois cabanes. Il fallait s'y connaître pour ne pas se perdre, tout en évitant les nombreux bas-fonds. Nous arrivâmes au hameau de Marujá environ une heure après. Avec la marée basse, nous nous enfonçâmes dans la vase jusqu'aux genoux pour amarrer le bateau.

En 1962, toute l'île de Cardoso fut déclarée parc protégé d'État en raison de ses extraordinaires richesses naturelles. En 1992, une petite communauté de l'ethnie indigène guarani-mbya eut le droit de s'y installer, en partageant à peine cinq pour cent du territoire de l'île avec les dernières familles de colons natifs autorisées à y vivre, mais avec l'interdiction de restructurer leurs logements. Ces derniers vivent presque tous dans ce hameau, se consacrant au tourisme et à la pêche.

Nous dépassâmes le périmètre habité, désert à cette heure, pour emprunter le chemin qui mène de l'autre côté de la Tripe de l'île, comme on dit ici. À travers la végétation épaisse, j'aperçus les ruines de ce qui avait été deux jolies petites maisons.

– Les propriétaires n'avaient plus le droit du sol, commenta Rosario. En plus, ils ont l'obligation d'enlever tous les décombres sous peine de grosses amendes. De la vraie connerie, ajouta-t-il, une île pareille pour n'abriter qu'une poignée d'indigènes qui ne foutent rien pendant que nous, on galère pour payer les impôts. C'est ça, le Brésil.

Rosario n'était pas un mauvais gars, il travaillait dur pour gagner sa vie et il ne lui serait pas venu à l'esprit que, bien avant lui, cette terre était peuplée par des gens qui n'avaient pas besoin d'économiser pour payer des impôts, ou avoir une maison sur la plage.

Nous débouchâmes sur une plage océanique, s'étendant à perte de vue à droite et se terminant de l'autre côté sur un rivage rocheux. Nous nous dirigeâmes à grands pas vers la gauche jusqu'à ce qu'on aperçoive la silhouette d'un homme assis sur un tronc d'arbre rejeté sur la plage.

– Voilà ton homme, fit Rosario en s'arrêtant. Comme prévu avec Baiano, je viens te chercher dans l'après-midi.

Puis il fit demi-tour.

L'homme en question s'appelait Thiago. Baiano, qui avait arrangé la rencontre, m'avait dit qu'il s'agissait d'un des chefs de famille des Guaranis-mbya. Il ne répondit pas à mon bonjour. Il avait une baguette à la main et, comme si je n'étais pas là, il traçait une spirale sur le sable mouillé. Quand le dernier cercle fut éloigné au point qu'il eût fallu se lever pour continuer il tourna enfin la tête vers moi. C'était un homme d'une quarantaine d'années ou peut-être moins, la vie exposée aux intempéries pouvant parfois vieillir davantage. Ses cheveux roussis par le soleil lui tombaient presque sur les épaules, sans parvenir à atténuer les traits d'un visage sculpté dans la pierre. Mais ce qui frappait le plus chez lui, c'étaient ses yeux émeraude au fond d'un regard immobile.

Il me scruta pendant de longs instants, avant de se lever avec une lenteur telle qu'on aurait dit une plante qui se redresse aux premiers rayons de soleil. Il lança sa baguette à l'eau puis esquissa quelque chose qui pouvait bien être un sourire. Une brise amena la mer juste à notre hauteur. Thiago suivait le va-et-vient du vent qui semblait dessiner des cercles concentriques sur la surface de l'eau.

– Nous ne sommes pas seuls, fit-il. L'esprit Caraibebe t'a conduit ici. Caraibebe veille sur toi. Viens, nous allons marcher un peu. Le soleil du matin aiguise la vue. T'aurais pas une cigarette ?

Je palpai mes poches tout en admettant que je ne fumais pas. Il sortit alors les siennes.

– Le tabac du Paraguay n'est pas bon, mais il n'est pas cher, faut s'adapter. *Yke'y* de *túva* d'Indio est mon frère aussi. On y va, dit-il, levant son menton carré vers les rochers.

Il sautillait devant moi avec une agilité telle qu'on aurait dit qu'au lieu de mules il portait des chaussures d'alpinisme. J'avais du mal à suivre son rythme, glissais sans cesse sur les pierres lisses. Mes chevilles étaient en feu, la falaise semblait interminable. Il finit par s'arrêter à l'ombre d'une anfractuosité rocheuse. Il y avait là un petit bassin où coulait un filet d'eau cristalline.

– Nous sommes arrivés ? lui demandai-je, hors d'haleine.

– Rafraîchis-toi, nous sommes à la moitié du chemin.

Je plongeai la tête dans l'eau pour ôter la sueur qui m'embuait la vue. Après avoir dissipé la chape de nuages, le soleil tapait maintenant comme un forgeron sur le fer rouge.

– Et qu'est-ce que nous avons à la fin de l'autre moitié ?

Il me lança un regard amusé.

– À toi la réponse, mon frère. Tôt ou tard on finit par trouver ce qu'on cherche et il est toujours plus rude de rebrousser chemin que de continuer droit devant.

Au bout d'une bonne heure d'escalade, nous descendîmes sur une longue plage. Marcher à nouveau sur le sable mouillé fut un grand soulagement. Même ainsi, je me faisais du souci pour le retour car nous allions avoir la marée montante et il faudrait couper à travers bois. Rien qui puisse inquiéter un Indien habitué à croiser sur son chemin toutes sortes de serpents venimeux. Indifférent à mes angoisses, Thiago me précédait avec sa démarche disjonctée entre la rigidité de son torse et la mobilité de ses jambes. Nous marchâmes ainsi encore une heure. Juste avant d'aborder une nouvelle falaise, Thiago prit à gauche, s'enfonçant dans la broussaille épaisse. Je suppose qu'il suivait un sentier qui m'était invisible, tandis que ma seule préoccupation était de bien regarder où je posais mes pieds. Nous avions déjà traversé plusieurs ruisseaux et mon guide ne donnait toujours pas signe d'en finir. Le soleil montait et la chaleur se faisait insupportable. Je cherchais les mots pour lui dire que j'allais renoncer quand nous débouchâmes finalement dans une clairière où un nuage de papillons aux couleurs criardes voletait au-dessus des piscines naturelles encaissées dans la roche. Après une marche exténuante, une vision pareille ne séduit pas moins qu'un mirage. Je me précipitai, savourant la fraîcheur de cette eau envoyée par la providence, lorsque je la vis. Assise sur une pierre au bord de l'eau, elle agitait une grande feuille comme pour s'immiscer dans le vol frénétique des papillons.

Elle se leva d'un bond et vint droit vers moi. Ses yeux noirs emplis de vitalité, son regard vibrant d'une euphorie étrange me figèrent. Soudain, il n'y avait plus place en moi pour la sensation de chaleur qui avait jusque-là écrasé toutes mes pensées. Rien n'était plus une urgence, le paysage même semblait tout à coup s'affaisser derrière son sourire contenu entre deux plis qui partaient des pommettes pour s'enfuir dans la rondeur de son menton. Pendant qu'elle me conduisait par la main jusqu'à son rocher, je me dis qu'elle n'était pas aussi jeune que je l'avais cru au départ.

Elle ne disait rien, se contentant de me contempler comme pour évaluer à quel point je pourrais lui être utile. Je pensais qu'il y avait aussi de la tendresse dans son regard. Ce n'était pas cela. Un bien autre sentiment lui dicta ses mots.

– Ne commence jamais quelque chose que tu ne puisses terminer.

Les papillons s'étaient envolés ailleurs, Thiago aussi. Il n'y avait plus que le clapotis de l'eau et le bourdonnement des insectes pour aggraver le silence qui s'ensuivit. Les questions que j'avais cru essentiel de poser me semblaient tout à coup insensées. Il y avait chez elle quelque chose proche de l'insolence qui la plaçait au-dessus de mes simples curiosités.

– C'est beau ici.

Je ne trouvai rien d'autre à dire. Elle posa sa main sur la mienne.

– Tu habites à São Paulo, n'est-ce pas ? Tu aimes cette ville ?

Je fis signe que non. Elle continua :

– Tu sais, avant d'engendrer cette ville monstrueuse, cette région était un paradis béni par les eaux pures du fleuve Tietê. Nos ancêtres y vivaient dans l'abondance et le respect. L'air était parfumé et nous étions bercés par le chant de la nature. Aujourd'hui, à l'image de l'homme blanc, tout n'est plus que décomposition. Peut-être que là où tu habites maintenant, il y avait avant une source, un lieu aussi beau que celui-ci.

Face à ce baragouin d'indigéniste engagé, je repris de l'assurance et la provoquai :

– Je suppose que tu étais là à cette époque pour savoir tout ça.

– Oui, rétorqua-t-elle, en quelque sorte j'y étais. J'y étais bien avant que vos prêtres plantent leurs croix sur nos terres et leurs épieux dans nos poitrines. J'y étais avec mon père, un Blanc aux cheveux roux, comme toi.

Je passai la main sur ma tête. De la crinière roussie qui avait jadis orné mon crâne ne restaient plus que quelques fils grisâtres. Elle éclata de rire. Avant de dire presque sur un ton d'excuse :

– Mais oui, on vieillit, ce n'est pas grave, bien au contraire.

– Sauf toi. Tu portes très bien tes cinq cents ans, je t'assure.

Elle se leva, me tournant le dos.

– Ils viennent de tuer mon père.

– Ton père ?

– Mon père est mort noyé, mon grand-père est mort égorgé et mon arrière-grand-père fut pendu. D'exécution en exécution, on remonte les siècles jusqu'au premier assassinat de notre ascendance. Celui de maître Cosme Fernandes, le *Bacharel,* en 1536.

Je la contemplais comme dans un rêve de demi-veille, quand on se repasse à distance le film de la réalité. Sa voix n'était plus qu'un frémissement de voyelles étirées. Jusque-là rayonnant de bonheur, le visage de Taio s'assombrit à la dernière phrase. Avant de s'épanouir à nouveau.

– Tu dois me croire folle, c'est écrit dans les plis qui sillonnent ton front. Viens, on va se rafraîchir, tu en as besoin.

Elle entra tout habillée dans le bassin. J'y plongeais ma main, l'eau était froide, et puis la sensation de chaleur avait cédé à un état d'indolence, avec le sentiment que j'étais en train de passer à côté de quelque chose. D'un infime détail qui ne paye pas de mine mais qui peut bouleverser une vie.

Elle sortit de l'eau, secouant sa masse de cheveux bruns sur moi. Ses seins pointaient sous un tee-shirt aux couleurs d'une association pour la protection des dauphins. Son abdomen arrondi tranchait sur la sveltesse harmonieuse de son corps. Comme pour se protéger de mon regard, elle croisa les deux mains sur son ventre. Je m'empressai de parler pour cacher mon embarras.

– Attends, tu veux dire qu'Indio était ton père, c'est bien ça ?

Son étonnement n'avait rien de feint. Elle se demandait si par hasard je n'étais pas celui qu'elle croyait. Elle recula d'un pas, avant de bafouiller :

– Mais vous étiez amis, tu dois savoir.

Je lui dis qu'Indio et moi, on venait de se connaître et que j'ignorais pratiquement tout de lui. Je trouvais que c'était un homme aussi brillant qu'imprévisible et cela me l'avait rendu sympathique. Il est vrai aussi que je soupçonnais que notre rencontre à Embu das Artes n'était pas due au hasard. Mais c'était tout, je n'avais rien fait d'autre que lui fournir l'adresse de Baiano comme point de chute à Cananéia. Le reste pour moi, c'était du noir absolu. D'ailleurs, qui aurait tué Indio et pourquoi ?

– Sans vouloir te vexer, ajoutai-je, j'ai du mal à prendre au sérieux une malédiction qui poursuivrait les descendants de Bacharel. On ne les compte plus, ceux qui prétendent connaître la vraie histoire de ce personnage. On se demande s'il a vraiment existé.

Je n'étais pas certain qu'elle m'ait entendu. Elle fixait le sol devant ses pieds et resta immobile un temps, pendant que le balancement de sa poitrine suivait le rythme d'une respiration rapide. Quand elle releva la tête, ses yeux étaient ridés comme ceux d'un noyé. Elle fit un tour complet sur elle-même, tout doucement, humant l'air, comme pour se revitaliser en absorbant la force de la nature qui nous entourait. Quand elle parla à nouveau, sa voix n'était plus la même. On aurait dit une succession de sons intelligibles provenant des entrailles du monde.

– C'est étrange, mon père se serait-il trompé ? Nous aurait-il envoyé quelqu'un qui n'a jamais appris à choisir entre un minable raccourci et le chemin tortueux mais véritable de l'Histoire ? C'est bien ça l'image que tu veux me donner ? conclut-elle, cette fois-ci avec une voix un peu provocante.

Cette fille avait de quoi surprendre. Quand on croyait l'avoir cernée, voilà qu'elle se montrait sous un aspect différent. Ce qui ne faisait plus de doute, c'était qu'elle disposait d'un bagage culturel assez vaste pour lui permettre de donner le ton à une conversation avec une remarquable souplesse. Je me demandai de nouveau si par hasard je n'étais pas passé à côté d'un détail important. J'essayai de m'éloigner du moment présent, revenant aux événements des derniers jours.

– Preto da Ilha ! m'exclamai-je. Lui aussi fait partie de la malédiction familiale ?

Elle hésita, sa voix devint un fil subtil presque imperceptible.

– J'ai entendu dire qu'il s'est fait tuer lui aussi. C'était un homme bon, mais un peu imprudent. Les valeureux s'en vont toujours avant l'aube. À toi de voir s'il existe un rapport entre eux.

Deux assassinats en mer à trois jours de distance, il fallait être un imbécile pour ne pas y voir un lien. Sauf si Indio s'était noyé par accident et Preto pour une dette au bar. Je m'en voulais. J'avais fait tout ce chemin motivé par la conviction que j'allais enfin avoir des réponses décisives sur cette affaire. Au lieu de cela, incapable d'assimiler les nouvelles données, je me retrouvai à lutter contre le sentiment qu'on était en train de me rouler. Au fond, Baiano avait raison, qu'avions-nous à voir avec cette histoire ?

– Mais enfin, explosai-je, qu'est-ce qu'il cherchait, Indio, autour de l'île de Bom Abrigo ?

– Une figure de proue. Les figures de proue étaient des statues en bois qu'on posait à l'avant d'un bateau. Souvent des femmes ou des sirènes. Ces formes féminines étaient un hommage aux dieux de la mer. Peut-être aussi qu'étant femmes et portant malheur, elles étaient installées en proue pour effrayer les mauvais esprits de la mer. Dans notre cas, un ornement qui aurait été jeté à l'eau avant de prendre le large pour éviter la mutinerie d'un équipage dont la religion était contraire à ce genre de superstitions.

– Et il l'a trouvé ?

– Je ne sais pas.

– Que je sache, Indio ne collectionnait que son œuvre et il n'avait rien d'un trafiquant d'antiquités.

Taio vint s'asseoir à nouveau à côté de moi. Modulant la voix comme pour bercer un enfant, elle commença à conter l'histoire de Caniné, la plus jeune des filles d'Ariró, chef de la glorieuse tribu des Indiens qui dominaient cette région. Jusqu'au jour où un navire gigantesque se matérialisa dans la brume matinale au large de l'île de Bom Abrigo. Le choc d'une telle apparition aurait intimidé quiconque, mais pas les Carijós, une communauté nombreuse à la réputation d'incomparables archers.

… Exténués par une longue traversée, les barbus venus d'outre-mer auraient provoqué au début quelque petit accident. La situation aurait pu dégénérer en un massacre certain si, parmi les intrus, ne s'était détaché un homme aux cheveux incendiés par le soleil couchant. Le conflit semblait inéluctable, mais il décida de laisser tomber ses armes et avança les bras ouverts, offrant sa poitrine nue à des centaines de flèches empoisonnées, et conquit ainsi l'admiration du chef Ariró. Cela scella le début d'une grande amitié entre le chef Ariró et maître Cosme Fernandes, alias Bacharel.

… Les Carijós étaient une nation de guerriers. Ils vivaient semi-nus en accord avec la clémence du climat mais ils pratiquaient déjà l'agriculture, ils étaient habiles dans la fabrication d'outils et d'éléments de confort, lits et tapis entre autres, ou de loisir comme des instruments de musique à vent ou percussion. La dextérité guerrière qui les caractérisait n'entamait pas leur sensibilité artistique ni leur inclination naturelle pour l'hospitalité. Un homme de culture et de courage comme Bacharel, et qui était venu pour rester, n'eut pas de mal à s'entendre avec un peuple qui s'était montré capable de recevoir mais aussi de donner des leçons de vie.

… Passèrent les jours et les semaines, et le ventre de la belle Caniné s'arrondissait de plus en plus. Cosme Fernandes craignait pour sa vie. Un jour, Ariró envoya deux guerriers au chantier naval qu'il était en train de bâtir, avec ordre de l'amener en sa présence. Dans sa terre natale, un affront pareil à un souverain équivalait à une condamnation à mort. À sa grande surprise, Ariró le félicita en lui annonçant une fastueuse fête de mariage.

… Suivirent des mois de paix et de respect réciproque entre l'équipage et les Carijós. Bacharel faisant déjà partie de la famille, la rencontre entre deux mondes, loin de se transformer en choc culturel, aboutit à une efficace alchimie de savoirs distincts. Les travaux au chantier naval avançaient grâce au matériel de qualité fourni par les Carijós, pendant que les Blancs apportaient leur connaissance du métier. Le retapage du grand navire inaugura le chantier. Bientôt il reprendrait le large, pendant ce temps Bacharel poursuivrait ses projets jusqu'au retour promis par le commandant. Le temps d'organiser une flotte.

… Une complication dans l'accouchement prématuré de Caniné faillit compromettre le séjour de Bacharel sur cette terre. Après avoir tout essayé, le chaman – le *pajé* –, dicta son ordonnance : sauvons la mère ou sauvons le fils, à vous la terrible décision. Bacharel n'hésita pas, la mère était une, tandis que les fils, on en fait d'autres. Entendant ces mots, Caniné regarda chacune des personnes présentes avant de déclarer avec sérénité que la décision lui revenait et qu'elle avait choisi l'enfant. Ce qui arriva, malgré le désespoir d'un père qui ne voulait pas accepter un tel choix. La mort de Caniné étendit un voile de tristesse et de préoccupation sur la communauté. Pendant plusieurs jours, Bacharel se refusa à voir l'enfant, il passait jour et nuit sur le chantier, on n'entendait que le bruit incessant des outils.

… Le jour où on vint lui annoncer le départ du navire, Bacharel se retrouva face à une surprenante réplique de Caniné grandeur nature, finement taillée dans le bois de péroba rose. En présence de son beau-père Ariró et des autorités de la tribu, la sculpture fut installée en figure de proue sur ce navire qui ne devait plus revenir.

– Là où pour nous c'est le souvenir, chez les Blancs ce n'est que mensonge et illusion, conclut-elle.

Entre-temps, Thiago réapparut. Il leva le doigt vers le soleil, il était temps de rentrer. Taio prit alors ma main et la posa sur son ventre.

– Je m'inquiète un peu, je suis enceinte.

Comme prévu, le retour se fit à marée haute. Cela nous obligea à allonger le chemin pour contourner des passages inondés. Le soleil allait terminer sa course derrière le Grand Dormant, lorsque Rosario amarra son hors-bord à côté du ferry.

Attablé au Gaivota, Baiano dévorait des pâtes aux fruits de mer. Je rapprochai une chaise en rigolant, sa barbiche dégoulinait de sauce tomate. Comme pris en flagrant délit, il écarta brusquement le plat. Sa défense de la suprématie culinaire du Nord-Est était proverbiale ainsi que son mépris pour le prétendu mauvais goût des Paulistes[1] accros à la pizza et aux macaronis. Avant que je n'y aille de mon inévitable commentaire, il déclara :

– Oui, ben chez nous, c'est relevé avec de la coriandre et du piment *malagueta*.

Je lui passai une serviette.

Après avoir atténué fatigue et soif avec deux demis pression, je lui fis un rapport aussi détaillé que possible sur ma rencontre. Je lui fis remarquer certaines coïncidences entre ce qu'écrivait Indio et le récit de Taio. Je gardai exprès pour la fin le fait qu'Indio était son père, mais cela ne parut pas le surprendre. Difficile de dire si Baiano le savait déjà ou si son impassibilité n'était qu'une de ses poses coutumières. En tout cas, il n'attacha aucune importance à cette donnée. Par contre, il considéra que la suggestion de Taio selon laquelle l'assassinat de Preto pouvait ne pas être lié à la mort d'Indio n'était pas à écarter.

– Qu'il fut au courant des activités d'Indio ne veut pas dire qu'il a été supprimé pour les mêmes raisons. En tout cas, il faut envisager cette hypothèse.

1. Habitants de São Paulo et de sa région.

J'étais impressionné. Après avoir abandonné toutes ses réticences, il était plongé dans l'affaire au point d'adopter des termes exquis tels que son « supprimé ». Toutefois, il se montra dubitatif sur la véracité de l'objectif de la recherche d'Indio.

– Une statue sculptée en bois tombée en mer il y a cinq cents ans. Tu te rends compte ? Et puis, qu'est-ce que cela lui aurait rapporté, à lui et à ses ennemis ?

– Une valeur symbolique pour lui et une généreuse récompense d'un collectionneur d'antiquités pour les autres, rétorquai-je. Quant à la résistance du bois à l'action corrosive, c'est à voir. On a bien des galions qui ont été retrouvés presque intacts.

– Admettons, fit-il après réflexion. Mais une malédiction qui persécute au fil des siècles la supposée progéniture de Bacharel, y vois-tu une raison ?

– Imagine le capital historique occidental tomber à l'eau après avoir prouvé qu'un ingénieur à moitié juif et un amiral musulman seraient les précurseurs de la découverte de la Terre du Milieu, « l'Amérique », et non pas Colomb. Ce serait une nouvelle à faire pâlir les civilisations chrétiennes.

Je fus aussi étonné que lui par la spontanéité de ma réponse. Jusque-là, je n'avais pas encore vu les choses sous cet angle.

Pendant mon excursion, Baiano avait de son côté ajouté des pièces au tableau. Son ami universitaire, à qui il avait envoyé copie du manuscrit, s'était montré très intéressé. Après un examen rapide, il avait conclu que les notes en bas de page étaient en hébreu et qu'il y avait lieu de croire que les chiffres et symboles qui y figuraient étaient des références à des archives historiques semble-t-il non identifiées.

Je n'avais rien mangé de la journée. Tout en l'écoutant, mon attention était de plus en plus attirée par ce qui restait de pâtes. Il poussa le plat vers moi avec la même délicatesse qu'il aurait employée pour rapprocher la gamelle d'un chiot. Inutile de le vexer en lui faisant observer que ses épices exotiques n'étaient que de l'origan et une ordinaire sauce tabasco.

À Cananéia, la nuit ne tombe pas, elle se pose sur l'eau avec hésitation, prête à reculer à tout moment, comme dans l'incertitude d'un premier baiser. Pendant ce volettement d'ombres et de lumières enlacées, on ne sait plus où commence une île et où se termine une autre. Où est le ciel et où est la terre. Cananéia et son kilomètre 0, après lequel il n'y a plus de repères. Se retirer ou se livrer à l'insoutenable souplesse des éléments. C'était une option. J'avais un jour choisi la fuite. Ce retour n'était pas prévu.

Depuis la terrasse du Gaivota, je regardais les contours incertains des terres. Loin derrière l'écumeux cordon littoral, entre la pointe encore embrasée de l'île Comprida et le massif du Cardoso déjà enveloppé de noir, on distinguait la silhouette en forme de virgule de l'île de Bom Abrigo. Baiano suivit mon regard.

– Il serait bon d'aller jeter un coup d'œil là-bas. De voir ce fou de Paquica, il pourrait nous donner quelque piste.

– C'est toujours lui le gardien ?

– Tu parles, il est encore capable de rentrer chez lui à la nage après une cuite au bordel.

Baiano aurait bien voulu descendre quelques bières de plus en ma compagnie mais mon corps en bouillie demandait pitié. Je partis en quête d'une pharmacie qui n'avait pas déjà baissé les rideaux. J'en trouvai une où l'employé accepta de rouvrir la caisse. Rassuré par un stock d'antimoustique, je rentrai à la maison. Ma chambre sentait le moisi. J'allumai le ventilateur et laissai la fenêtre grande ouverte, le temps de prendre une douche.

La journée avait été épuisante. La routine du bureau avait fini par ankyloser mes maigres ressources physiques et intellectuelles. Sous le jet d'eau fraîche, je pensais à cette époque où je me laissais encore mordre par le feu de la passion. Une vie trempée d'immédiateté, où le futur était maintenant et l'amour intarissable. Quand je songe au passé, je revois le visage d'une femme le jour où elle m'élimina pour toujours de son destin. Côte à côte, nous avions partagé des rêves et nos draps mouillés d'amour étaient le drapeau d'un monde nouveau. Nous y avions cru et c'était beau, mais il n'y a que les enfants qui se réveillent pleins d'espoir. Ceux qui disent que l'amour ne tue pas n'ont jamais vu sa perversité.

Je m'allongeai sur mon lit avec circonspection. Posé sur la table de nuit, le gros cahier d'Indio semblait me lancer un défi. J'éteignis la lumière et lui tournai le dos.

Chapitre 12

… À peu près à deux milles de Cananéia, la petite île de Bom Abrigo était destinée à marquer l'histoire de la colonisation de l'Amérique du Sud, écrivait Indio. Offrant son dos rocheux au large, sa configuration courbée se referme sur son versant opposé, formant une anse au milieu de laquelle se trouve l'unique plage de l'île. Ce lieu idéal pour y amarrer un grand navire à l'abri des intempéries fut et est toujours l'escale la plus sûre pour se ravitailler sur plus de trois cents milles de côte, depuis l'actuel Santos jusqu'à Paranaguá.

Quand le *Shams Alghurub* jeta l'ancre face à cette plage au sable doré, son équipage n'aurait jamais imaginé que, quelques années plus tard, lorsque les couronnes espagnole et portugaise allaient délimiter leurs possessions occidentales, appliquant le fameux traité de Tordesillas, cette île serait le théâtre des opérations pour établir la ligne de démarcation virtuelle. Le 11 novembre 1494, les préoccupations de Hayreddin Barberousse et Bacharel étaient bien plus concrètes. Ils avaient besoin d'eau, de vivres et, surtout, de ne pas risquer un affrontement direct avec les natifs.

On mit un canot à l'eau, avec douze hommes armés à bord. Ils avaient reçu l'ordre de rester groupés et de se limiter à une rapide reconnaissance des lieux, sur un kilomètre carré et pas plus. Il était impératif d'éviter toute hostilité sauf nécessité de sauver sa peau. Bacharel, qui avait insisté sur ce point, aurait voulu faire partie de l'exploration. L'amiral refusa net. Il ne l'avait pas amené jusqu'ici pour ensuite risquer sa vie dans une tâche qui revenait à des soldats qualifiés pour ce genre de mission.

Refus qui allait chatouiller l'esprit guerrier de maître Cosme Fernandes, qui faillit se révolter pour montrer à l'amiral qu'il était aussi bon dans les arts de la guerre que dans ceux de la science. Depuis tout jeune, il avait appris à se familiariser avec toutes sortes d'armes. À l'école de guerre où il fut admis avant l'âge, il avait appris les bases de la tactique et de la stratégie, qui allaient lui servir ensuite pour se lancer dans l'ingénierie navale.

Hayreddin Barberousse avait suivi ses pensées avec un regard amusé.

– Mon ami, dit-il, cette île ne doit pas faire plus d'un mille carré et il est bien probable que les autochtones ont mieux à faire dans leur forêt que défier cette houle. Sauf pour l'eau douce. Une source n'est jamais négligée. Réservez donc vos forces pour ce qui vous attend. Regardez, ils vont débarquer.

Les marins venaient d'atteindre la plage. Ils sautèrent à l'eau, se disposant en demi-cercle, pendant qu'on tirait le canot à sec. Puis ils parcoururent en long et en large la plage à la recherche d'une trace humaine. Pendant que deux hommes gardaient le bateau, les autres pénétrèrent dans la végétation épaisse qui recouvrait cette partie de l'île.

Pendant ce temps, avec tout l'équipage en état d'alerte, Hayreddin Barberousse ne quitta pas un instant le pont. Sa longue-vue toujours pointée sur la longue plage à tribord, il observait les allers-retours frénétiques d'un nombre considérable d'individus. Entre eux et ces créatures demi-nues qui s'agitaient là-bas, les vagues s'abattaient furieusement sur le cordon littoral pour se reformer aussitôt dans la direction opposée. Cela représentait sans doute une bonne protection, mais on ne pouvait écarter la possibilité que ce cordon pût être franchi ou contourné.

Deux longues heures passèrent avant que les marins se groupent à nouveau sur la plage. Rendu nerveux par l'interminable attente, Bacharel s'appropria la longue-vue. Il compta les hommes, aucune perte, mais leurs gestes n'étaient pas rassurants. On aurait dit qu'ils étaient prêts à repousser un assaut à tout moment. Pourtant, aucun mouvement suspect sur la plage ou à proximité. Plusieurs tonneaux passèrent de main en main, faisant l'aller-retour entre le canot et un rocher proche à moitié caché par la végétation. Puis ils reprirent la mer en toute hâte.

L'équipage du *Shams Alghurub* au complet les attendait sur le pont. Les tonneaux suivis d'une hotte contenant une grosse tortue furent hissés à bord. Les douze hommes n'eurent pas même le temps de mettre les pieds au sec qu'ils furent accablés par un flot de questions.

Un toussotement de l'amiral rétablit le silence. Il mit un genou au sol et examina longuement la hotte. Le format n'était pas différent de celui d'un panier ordinaire. Plus grand peut-être, mais ce qui frappait le plus, c'était l'ingéniosité de la fabrication, qui utilisait une étrange fibre végétale aussi légère que solide. Il se releva, tout en interrogeant du regard le responsable de l'expédition.

Le marin, un grand métis tout en muscles, jeta un œil inquiet en direction de l'île avant de répondre.

– Nous avons parcouru l'île en long et en large, seigneur. Elle est bien petite. De l'autre côté, il n'y a que des rochers et juste en face le bout d'un promontoire ou d'une autre île avec une plage. C'est là que nous sommes tombés sur des cendres au bord d'une pierre creuse qui de toute évidence avait servi de four. Tout autour, les os d'un animal de petite taille encore assailli de fourmis. Le repas avait été consommé deux jours auparavant au plus. Nous allions rebrousser chemin lorsque, pas loin de là, au pied d'un arbre, nous avons trouvé cette hotte.

Tous les visages se tournèrent vers l'île. Bacharel s'approcha de l'amiral.

– Quelqu'un capable de concevoir un ustensile pareil ne peut pas être un sauvage. Regardez, ajouta-t-il, il est muni d'attaches pour être chargé sur le dos.

Hayreddin Barberousse acquiesça, pensif.

– L'eau est bonne, continua l'homme en montrant les tonneaux, la source est juste là. Nous avons aussi repéré des traces de gibier, mais rien qui indique une présence fixe. Ils doivent venir d'ailleurs. La plage en face est à moins d'un mille et la traversée semble plus facile qu'ici.

La nuit allait bientôt tomber. Il fallait choisir entre laisser le navire en rade jusqu'au lendemain, prêt à repousser une éventuelle attaque, ou lever l'ancre, louvoyant sans but dans une nuit sans vent. Bacharel et l'amiral échangèrent un regard perplexe.

– Amiral, chuchota Bacharel, je suggère de rester. Ici nous sommes à l'abri et nous disposons d'armes à feu, sans compter que notre stock de vivres ne comprend plus que quelques poules et deux moutons squelettiques.

Hayreddin Barberousse pointa à nouveau sa longue-vue sur la grande plage, puis se retourna brusquement.

– Nous savions déjà que cette terre était habitée et notre but n'était pas de venir l'occuper par la force. Nous n'avons pas de flotte et nous ne savons rien de leur capacité de riposte. Il vaut mieux confier notre sort à l'harmonie des mots plutôt qu'au bruit assourdissant des armes. Ce ne sera pas à coups de couleuvrine que vous réaliserez vos ambitieux projets ici, mon cher ami. Regardez comme le monde est vaste, le ciel a du mal à l'envelopper. Dans tout cela, nous ne sommes que des éclats de matière perdus. Il suffit d'un rien pour se désintégrer sur la pointe d'une lance. Mais vous avez raison, tout compte fait, notre position ici n'est pas mauvaise. Retirez-vous, je vais consulter mes hommes.

Empli de coffres pleins de papiers et d'instruments de toute sorte, le minuscule logement de maître Cosme Fernandes sentait le poisson rance. Assis sur sa couchette, le dos courbé, il examinait des dessins où des hommes demi-nus semblaient danser en cercle. Sur d'autres on distinguait des filles nues offrant un plateau rempli de fruits à un homme noir portant une cuirasse dorée. Ces témoignages patiemment recueillis au long des années d'un bout à l'autre du monde connu étaient venus renforcer ses théories, considérées comme blasphèmes, sur l'existence d'une *terre du milieu,* située à mi-chemin entre l'Occident et l'Orient. Maintenant, tremblant d'émotion, Cosme Fernandes faisait le rapprochement entre ces figures tracées au crayon et les créatures en chair et en os qui l'attendaient sur ces rivages…

Indio Fernandes ouvre ici une parenthèse où il exprime des réserves sur la fiabilité de certains passages des documents sources auxquels il aurait eu accès, traduits de l'hébreu en arabe de manière, à son avis, plutôt approximative. Il est difficile de connaître, écrit-il, le véritable état d'esprit de Bacharel au moment où il prend conscience que les événements avaient converti le rêve en réalité, sans préavis. S'appuyant sur des calculs croisés entre les théories d'une lignée de mathématiciens et d'astronomes de réputation certaine et la concordance des détails dans les récits les plus disparates des rescapés de la « mer ténébreuse », il avait usé de tout son poids à l'École de Sagres pour étayer ses convictions en présence du roi : non pas les Indes mais un nouveau monde, voilà ce qu'il allait lui offrir.

João II, roi de Portugal à cette époque, n'était pas indifférent au prestige de l'École de Sagres. Il connaissait la plupart de ses membres, dont l'érudition était attestée dans toute l'Europe. Homme de caractère, João II avait forgé ses principes au cours de ses campagnes en Afrique puis en assumant une politique d'expansion, pendant qu'Afonso V[1] faisait la guerre à l'Espagne. Il méprisait les intrigues de cour et son règne fut marqué par la rénovation des sciences politiques et sociales. S'il refusa de financer l'expédition de Christophe Colomb, avant que celui-ci soumette son projet à la couronne espagnole, c'était parce qu'il était persuadé de l'existence d'un autre chemin plus audacieux vers le nouveau continent. Et si les persécutions successives à l'encontre des juifs et des Arabes n'avaient pas bouleversé la cohabitation historique de cultures différentes dans la péninsule ibérique, maître Cosme Fernandes aurait eu tout le temps d'organiser sa propre expédition, au lieu de

1. Alphonse V, père de Jean II, abdiqua temporairement au profit de son fils, avant de reprendre le pouvoir en 1477. Jean II dut attendre 1481 pour redevenir roi.

s'associer à l'aventure menée par l'amiral Hayreddin Barberousse.

La lumière de ce jour le plus long de la vie de Bacharel finit par succomber aux ombres de la nuit tropicale. Triplées en nombre, les sentinelles sur le pont scrutaient avec appréhension la surface immobile de l'eau. Au loin, la mousse soulevée par les ondes sur le cordon littoral formait une barrière de vapeur mauve séparant deux mondes. Bacharel aspirait l'air tiède imprégné d'un parfum inconnu. Il sentit un pincement au cœur. Le monde tant rêvé était juste là, demain c'était aujourd'hui, pas de retour possible. Il leva la tête et remercia le ciel de ne lui avoir jamais laissé le temps de fonder une famille. Persuadé que l'intellectualité est difficile à briser tandis que l'amour se réduit en miettes en un instant, il avait fait de la science son foyer. Sans attaches, il venait de naître, le futur était une feuille blanche, pleine de surprises. Le passé était un prélude inévitable.

De ses parents, il ne lui restait pas grand-chose. Sauf l'incessante remarque : « Tête d'alouette, cesse de rêver les yeux ouverts, les fantaisies, ça ne se mange pas. » Il fermait alors les yeux et ouvrait la bouche, laissant la réalité envahir son estomac. Toute son enfance fut marquée par la croyance que les aveugles étaient les mieux placés pour prospérer dans la vie. Eux n'avaient qu'à apprendre à se diriger dans le noir. Penser autrement revenait aux têtes d'alouettes, mais il était dépourvu d'ailes. Puis vint le moine avec son enseignement austère, sa réduction du monde, la vision plate, la fin du rêve. Juste un moine avec ses misères, une pierre sur son chemin. Le roi João II s'était incliné face à la barbarie de l'Inquisition, pendant que lui, maître Cosme Fernandes, s'était envolé bien plus haut que les alouettes.

Peu avant l'aube, les moustiques attaquèrent le *Shams Alghurub.* Pris par surprise, l'équipage sauta des couchettes mais chaque centimètre de peau exposée était déjà boursouflé par les piqûres. Jurons et claquements furent couverts par le vacarme provenant du pont. La voix de l'amiral résonna dans les ténèbres d'une nuit qui avait brusquement cessé de l'être. Des ordres, des pas, le bruit des armes, chaque homme à son poste. On n'entendait plus que le bruit de la respiration affolée des hommes.

Lorsque Bacharel apparut sur le pont, l'amiral se précipita à sa rencontre.

– Maître, nous y sommes. C'est à vous de jouer maintenant, et vite. Si un de mes hommes perd la tête, cela va tourner au massacre. Ce n'est pas ce que nous voulons, n'est-ce pas ?

Bacharel courut vers le bastingage, jeta un regard par-dessus bord et retint sa respiration. Les éclats de lumière d'un nouveau jour empourpraient le ciel à l'horizon, éclairant les silhouettes de nombreuses pirogues disposées en demi-cercle à vingt bras à tribord. Chaque pirogue comptait plusieurs rameurs et quelqu'un debout à la proue. Un de ces hommes portait une grande couronne de plumes. L'instinct de Bacharel lui faisait évaluer leur force, estimer leur chance de s'en sortir en cas de conflit. Un mélange d'émotion et de panique le figeait sur place, le privant de toute pensée rationnelle. De longs instants où plus rien ne bougeait, le jour avançant sur une mer immobilisée par l'attente. L'amiral leva son bras, attirant l'attention générale, puis le replia tout doucement. À ce signe, tous ses hommes baissèrent leurs armes. Il se dirigea ensuite vers Bacharel.

– Vous voyez bien qu'ils ne sont pas armés, maître. Votre suggestion ?

Bacharel revint à lui, se frottant énergiquement les yeux. Il ajusta son tricorne, demanda à l'amiral de faire mettre une barque à l'eau.

Chapitre 13

La matinée était ensoleillée et la mer pas trop agitée. Même ainsi, une traversée sur le léger hors-bord de Rosario n'était pas conseillée. Par contre, le gros bateau de Cebola, avec ses deux puissants moteurs, ne présentait aucun risque. Nous l'avions contacté la veille et il avait accepté de nous amener à l'île de Bom Abrigo en échange d'un dîner bien arrosé à notre retour dans un restaurant qui venait d'ouvrir.

Pendant que Baiano hissait nos sacs à bord, je négociai le prix d'une bouteille de *cataia* au kiosque de produits artisanaux. La cataia est une infusion des feuilles d'un arbuste du même nom mêlée à de l'alcool de canne à sucre. Cette plante ne pousse que dans cette région et les gens d'ici en ont fait un mythe. Ses propriétés sont à la fois sédatives et stimulantes, selon les justifications des accros à cette boisson aux effets imprévisibles, souvent désastreux. Paquica, le gardien du phare, en était bien un.

Il est toujours impressionnant de s'attaquer au cordon littoral. Longeant la côte sur plusieurs milles, ce banc de sable d'une centaine de mètres de large est un défi séculaire pour toutes sortes d'embarcations. Les courants marins déplacent sans cesse son alignement face à la côte et les passages pour le franchir suivent ce mouvement. Il n'y a que les gens du lieu – qu'on appelle ici *caiçara* – pour savoir où et comment aborder le corps-à-corps avec cette houle colloïdale pour arriver indemne de l'autre côté. Même ainsi, il y a des mauvais jours où le petit port de pêche de Cananéia est bondé de bateaux en rade.

Cebola mit cap au sud. À moins d'un quart de mille de la pointe sablonneuse de l'île de Cardoso, il dévia d'un coup vers l'est. Le cordon écumait droit devant la proue.

– Avec la marée basse, cette passe est la meilleure. Nous reviendrons par celle des Três Moleques, des « trois gamins ».

Il faut être à bord pour comprendre pourquoi tant de bateaux chavirent ici. Malgré ses six tonnes sur vingt-deux pieds, notre embarcation se mit à grincer sous la violence des vagues courtes dont la fréquence et la direction étaient imprévisibles. Accroché au timon, Cebola affichait une certaine assurance, tout en guettant le moment de foncer entre deux colonnes d'eau qui nous ouvraient un furtif passage. Ce ballottage ne dure que quelques minutes, mais une fois passé, on ne peut s'empêcher de regarder derrière soi avec le soulagement de qui vient de traverser l'enfer.

Nous jetâmes l'ancre à quelques mètres de la plage. L'eau transparente sur un bon fond sablonneux montre l'importance que les marins de toutes les époques accordaient à ce petit port naturel si proche du continent. J'avais déjà débarqué ici par le passé. Difficile de résister au charme de cette île. En plus de sa beauté sauvage, elle semble nous prévenir à chaque pas que ce n'est pas sur son sol que nous marchons mais sur la poussière imbibée du sang d'une histoire sans début et sans fin. Ici, il est facile d'arriver et difficile de repartir. Je sautai à l'eau avec l'impression qu'Indio et Preto n'attendaient que moi pour décapsuler une bière.

Le taudis où habitait Paquica poursuivait son lent affaissement sur le côté. Il en sortit affolé comme une bestiole attaquée dans sa tanière. Difficile de dire s'il en était aux premiers verres du matin ou aux derniers de la nuit précédente. Apparemment, il nous attendait.

– Je ne sais rien du tout, vous êtes venus pour rien, on vous a menti.

Il se précipitait tout en agitant ses bras comme pour nous empêcher de mettre les pieds au sec. Cebola se marrait. Baiano montra la bouteille de cataia, avant de la lui lancer. Ses réflexes étaient encore bons. Il jeta un regard circonspect derrière lui, avant d'écarter les bras, résigné.

Nous le suivîmes à l'intérieur de son logis, l'odeur de poisson rance nous sauta aux narines. Dans une bassine flottaient des crevettes et autres appâts pour la pêche à la ligne. Suivant mon regard, Paquica s'empressa de me prévenir qu'ici la pêche était strictement interdite. Il déboucha la bouteille et s'envoya une bonne rasade de cataia. Baiano attendit qu'il se remette d'une quinte de toux.

– Eh ben alors, mon pote, qu'est-ce que tu nous proposes aujourd'hui ?

Paquica se recomposa aussi sec. De ses yeux rougis par la cataia, un regard perçant nous frappa comme un coup de fouet.

– Comment ça, j'y suis pour rien, moi. Qu'est-ce que vous voulez au fait ?

Baiano lui tapota l'épaule.

– C'est bon, que diable, on dirait que tu ne nous connais plus. Tu es aussi payé pour guider les touristes, de quoi t'inquiètes-tu ?

Avant d'échouer sur cette île déserte, Paquica avait servi dans la marine militaire, où il avait été décoré pour ses performances physiques et sa compétence innée qui faisait de la mer son milieu naturel. Aujourd'hui, malgré les dégâts causés par l'alcoolisme, il n'y avait pas dans le coin meilleur plongeur à qui confier l'entretien des parties immergées des navires.

Une deuxième rasade dissipa la crainte qui lui affaissait le visage comme une pomme ridée.

– Des touristes comme vous, Dieu m'en garde. S'amener ici avec une seule bouteille, vous trouvez ça marrant ?

– T'inquiète, fit Baiano en lui tapotant à nouveau l'épaule. Comment vont les choses dans le coin ? Tu attendais quelqu'un d'autre ?

– Oui, j'aurais préféré le diable en personne, il est plus généreux que vous. Mais depuis quelques jours, on ne voit plus que des flics ou des amateurs radins. Et celui-là, ajouta-t-il à mon intention, tu l'as récupéré dans un asile ?

– À peu près, mais l'air d'ici lui fait du bien. Cette fois-ci, il est venu pour rester. Tu sais, les affaires, les gringos ne peuvent pas s'en passer.

Cebola nous rappela l'heure convenue pour le retour avant de regagner son bateau, sous le regard affligé de Paquica. Il allait avaler une autre gorgée mais il laissa retomber la bouteille le long de sa jambe variqueuse. Puis, saisi d'une angoisse soudaine, il se précipita dehors, balayant les alentours comme une bête prise au piège.

– T'en fais pas, chuchota Baiano. Il est rusé, mais il paraît qu'il touche au crack ces derniers temps. Laisse-moi faire.

Pendant qu'ils partaient côte à côte vers des rochers à l'autre bout de la plage, je me demandai ce qu'il pouvait bien y avoir dans la boîte à biscuits que Paquica avait essayé de dissimuler en la poussant d'un pied sous sa couchette. Je l'ouvris et la refermai aussitôt. Par l'entrée démunie de porte, j'étais bien visible de loin et Paquica venait juste de regarder vers moi. Toutefois, j'eus le temps d'entrevoir une photo écornée, celle-là même où Taio posait avec ses copains indiens. La tête échauffée par des questions sans réponses, je m'éloignai à mon tour dans la direction opposée.

Avant de lire l'histoire d'Indio, je n'aurais pas imaginé que cette île était autrefois recouverte par une forêt qui abritait plusieurs espèces d'animaux. De cette luxuriante végétation ne subsistait qu'une enclave autour de la source qui coule tout près de la plage. Le reste, à l'est comme à l'ouest jusqu'au phare blanc tout en haut de la colline, n'est plus qu'une couche d'herbe jaunâtre accrochée aux pierres polies par le vent. Quant à la faune, on ne voit plus que des vipères jararaca et quelques lézards. À croire que la faute de cette dévastation revient au Bacharel et à son obsession d'installer le premier chantier naval du Nouveau Monde. D'après les témoignages reproduits par Indio, l'île était à l'époque riche en bois noble et solide, idéal pour la construction de navires. Au bout de deux décennies, il n'y avait plus un seul arbre de péroba géant ou d'ipé mauve sur Bom Abrigo, mais il restait encore assez de bois pour alimenter les fourneaux pour l'extraction d'huile de baleine. Ces énormes cuves en bronze, où l'on faisait fondre la précieuse graisse, ont résisté aux siècles et sont aujourd'hui une attraction pour chercheurs et touristes avisés. On ne sait pas si l'échec de cette première usine américaine fut dû au manque de combustible ou aux raids de pirates qui firent de ce port naturel un refuge idéal.

Ballotté par des images mentales, je me laissai surprendre par le rire saccadé de Paquica. La bouteille avait pris un sacré coup.

– Alors, mon gringo, on va à la chasse ? Ça roule mais, quoi qu'il en soit, je ne marche pas à moins de soixante-dix pour cent. C'est mon île et ce sont mes infos, un point c'est tout.

Placé dans son dos, Baiano devança mon interrogation par un signe d'acquiescement. Refrénant l'envie de le questionner sur la photo, je pris un air de circonstance. Je ne sais pas ce qu'ils avaient fricoté tous les deux, mais Baiano avait l'air de s'amuser. Nous allâmes nous asseoir sur un rocher à l'ombre. D'une voix atone, avec l'expression d'un sphinx, Baiano se chargea d'introduire le sujet dont Paquica exigeait la plus grosse part. Et ce fut comme dans un conte de fées que nous allions revoir nos données et envisager l'existence d'autres mobiles pouvant expliquer la mort d'Indio et de Preto.

À en croire Paquica, Indio Fernandes Pessoa n'était pas nouveau dans les parages. Quelques années auparavant, il s'était déjà pointé ici en compagnie de l'« Inglês ». Cet étranger, il était peut-être allemand ou hollandais peu importe, était une vieille connaissance à Cananéia. Il dépensait de l'argent à droite et à gauche. Une fois, il s'était amené avec un bateau spécial loué à Santos, équipé pour l'exploration des fonds marins. Ce fut lui qui découvrit les deux canons au large de la pointe de Trincheira, lesquels, d'ailleurs, n'ont jamais été remontés. Mais ce n'était pas par amour de l'Histoire qu'il venait fouiller ici. L'Inglês courait après l'or. Jusqu'au jour où il marcha sur les platebandes de quelqu'un ; la police l'expulsa alors après l'avoir dépouillé.

Personne jusque-là n'avait accordé d'attention à Indio Fernandes Pessoa, beaucoup plus discret. Au point que, quelque temps après, lorsqu'on a dit qu'un type se baladait entre les communautés indiennes des alentours, on ne fit pas le rapprochement avec l'homme habillé en noir qui avait jadis accompagné l'Inglês dans ses excursions. On savait qu'il était dans la région mais il ne se pointait jamais en ville. Pour finir, on n'entendit plus parler de lui. Jusqu'à ce que, il y a quelques semaines, il réapparaisse à Cananéia, attirant l'attention en s'amenant avec un vélo de cirque et des vêtements noirs sous un soleil de plomb. Au bout de quelques jours, tout le monde savait qu'Indio s'était installé chez Baiano avec une jolie fille d'ici. Dans une petite communauté comme Cananéia, cela ne passe pas inaperçu, les bavardages couraient déjà les rues, lorsque, à la surprise de tous, on découvrit qu'ils n'étaient pas amants mais père et fille.

– Et le plus étrange de tout, coupa Paquica, c'est que cette fille est une Indienne !

– Tu la connais ? lui demandai-je.

Il hésita, avant d'admettre qu'elle aimait se promener dans l'île. C'était interdit mais il la laissait faire.

– C'était quand la dernière fois ?

Baiano me regardait sans comprendre. Paquica noya un coup de rage avec une gorgée de cataia.

– Hier, c'était hier. Pourquoi me demandes-tu ça, enfin ?

– Simple curiosité. D'ailleurs, je n'ai toujours pas compris ton business.

– On y arrive, reprit Paquica.

Cette fois, sa dernière, Indio s'était pointé ici bien décidé à mener sa mission à bout. Pour cela il avait besoin d'aide, et depuis le début il n'avait caché à personne qu'il était en possession d'une carte conduisant tout droit au lieu où le capitaine Bow Legged avait enterré des tonnes de barres en or après le naufrage du navire *Havelock* sur les rochers de la pointe de Leste, juste là, face aux fourneaux pour l'extraction d'huile de baleine. Suivant la carte, et selon Indio, il était possible de localiser la cachette située entre trois grandes pierres formant un triangle, plus une quatrième au milieu, sur laquelle on avait sculpté ces mots : *La poésie classique célèbre les exploits des marins plongeant dans les belles plages de l'île de Bom Abrigo à Cananéia.*

– Bien, soupira Baiano, on dirait que c'est dans la poche. Mais, il y a toujours un mais, il se trouve qu'à l'époque la mer était une dizaine de mètres plus basse par ici, sans compter le courant qui modifie sans arrêt la configuration du fond dans cette région. Ainsi donc, soixante-dix pour cent de rien, ça donne combien, mon ami ? conclut-il en tapotant la cuisse squelettique d'un Paquica interloqué.

Je n'en revenais pas. Le cahier d'Indio, le récit de sa fille Taio, ce n'était donc que du baratin ? Je croyais pister de supposés falsificateurs de l'Histoire et je me retrouvais dans une stupide chasse au trésor. Je me levai d'un bond.

– Allez, on y va, j'en ai assez.

Baiano, qui s'attendait à cette réaction, riait des yeux. Paquica se leva à son tour, fou de rage.

– Tu crois que c'est des conneries ? Eh bien tu te trompes. Ça fait un bail qu'on court derrière cet or. Même le Dr Almir, je sais qu'il a fait venir des appareils sophistiqués du Japon pour le découvrir, mais lui n'a pas de carte.

– Quel Almir ?

– Le mec à l'hélicoptère, répondit Baiano. Il s'est parachuté ici depuis la capitale, a fait construire un manoir et un héliport sur un terrain public et se consacre à pourrir la vie des pêcheurs et des entrepreneurs locaux.

– C'est ça, reprit Paquica. Pourquoi crois-tu qu'il a fait interdire la pêche côtière ? Par amour des poissons ou pour éviter qu'à tout hasard un filet ne s'accroche à l'or coulé ?

– Coulé ? Avant, tu avais dit enterré, ou je me trompe.

– Qu'est-ce que ça peut changer, l'or brille partout.

Les mots de Paquica retombèrent dans le silence. Des vaguelettes crispaient la surface turquoise de l'eau et venaient s'éteindre comme une caresse sur les roches lisses et blanches qui fermaient la crique aux deux extrémités. L'air était limpide, dans la chaleur tapante, les oiseaux pêcheurs se laissaient bercer par la mer. Bras croisés dans le dos, Baiano tournait en rond, cognant sur des pierres au passage. De temps en temps, il levait la tête comme pour dire quelque chose, puis revenait à son manège. Tout en sachant qu'il n'y a pas de réseau dans l'île, je tripotais mon portable dans l'espoir de joindre Cebola pour qu'il vienne nous chercher. Paquica rouspétait.

Baiano attira mon attention avec un clin d'œil.

– Je pense, dit-il en ne s'adressant à personne, que cela tient debout. Il est certainement plus vraisemblable de croire qu'on se fait tuer pour une tonne d'or plutôt que pour inscrire un nom ou un autre dans l'Histoire. D'ailleurs, il est difficile d'imputer les événements qui ont bouleversé la ville à une question d'héritage culturel, tandis que l'avidité, oui, elle est souvent à l'origine de toute sorte d'infamie.

J'allais manifester mon désaccord mais il me coupa.

– Que les barres en or soient une légende ou pas, ce n'est pas le problème. Ce qui importe ici, c'est qu'au moins deux personnes sont mortes à cause d'elles.

Baiano fit une pause, puis vissa son regard sur un Paquica de plus en plus agité.

– C'est bien cela, mon ami, mais dis-moi : que vois-tu depuis cet endroit, d'ici où nous sommes en ce moment ?

– Je vous vois vous deux et ce n'est pas beau.

– Et quoi encore ?

– La mer, la foutue mer ! s'écria-t-il.

– Tout juste, une vue impeccable sur la baie et l'océan. Il n'y a pas un vol d'oiseau ou une pirouette de dauphin qui puisse t'échapper.

Il fit une autre pause.

– Que crois-tu qu'il soit arrivé à Indio et Preto, mon ami ?

Difficile de dire ce qui se passa dans la tête de notre gardien, mais rien de bon à en juger par sa moue.

– Ce que tout le monde sait, ils sont morts. Bon oui, ça va, comment sont-ils morts, je n'étais pas là pour le savoir. Le jour où Indio s'est noyé, Preto était avec lui. Son bateau était visible depuis ici, il était à l'ancre plus ou moins à cette hauteur-là, fit-il en indiquant un point à l'est juste au-delà du cordon sableux. Je suppose qu'Indio plongeait dans le coin.

– Ça n'a rien à voir avec ton trésor, remarqua Baiano, il n'y a pas de rochers là-bas et on est bien loin de l'île.

– C'est bien ce que je lui disais aussi, mais il était têtu comme un mulet. Au lieu de concentrer sa recherche par ici, il s'éloignait de plus en plus vers le large. Il s'était même engueulé avec Preto à cause de ça, répliqua Paquica.

– Et puis, qu'est-ce qui s'est passé ? Fais pas le con, insista Baiano en ne le lâchant pas des yeux, je suis au courant de certaines combines ici, pour beaucoup moins que ça un gardien perd sa place.

Cette fois, une moue l'enveloppa de la tête aux pieds.
– J'ai vu Preto rentrer à toute vitesse. Il était si agité qu'il n'arrivait même pas à parler. Il demandait qu'on appelle les pompiers, qu'Indio avait disparu, la corde du flotteur coupée. Il sanglotait, répétant qu'il ne savait pas nager.
– Rien d'autre ?
– Les pompiers se sont ramenés une petite heure après, avec tout le foutoir qu'on peut imaginer.
Je n'y voyais pas encore clair, mais je sentais que Baiano suivait depuis le début une stratégie à lui. En séparant deux pistes sans que l'une exclue l'autre, il se rapprochait de plus en plus d'un unique résultat capable d'expliquer les différentes raisons et responsabilités des acteurs impliqués dans cette affaire.
Paquica ne m'aimait pas trop. En plus d'être un gringo, il n'était jamais arrivé à me coller une étiquette et cela rend certaines personnes méfiantes. Méfiance et crainte vont souvent ensemble, c'était le moment d'en profiter.
– Et Preto, pourquoi il a été tué à ton avis ?
Il pâlit. Sa réponse, il alla la chercher dans ses boyaux tordus.
– La carte. Sans doute ils croyaient qu'elle était restée avec lui.
– Mais elle n'y était pas, parce que c'est toi qui l'as – je m'étais approché à quelques centimètres de sa tronche. Je ne sais pas quel baratin tu as refilé à Taio pour avoir cette photo, mais je parie que la carte est dans cette même boîte à biscuits.
Paquica faillit s'étrangler, trop de mots s'entassant dans sa gorge.
– Putain, t'as vu ça, mais c'est fou ce mec ! Il vient ici fouiller ma baraque, cet enculé de gringo ! Faut pas

oublier que je suis un officier dans l'exercice de ses fonctions, rappelle-le-lui à ce connard.

Quand il ne trouva plus de mots à cracher, Baiano se rapprocha doucement.

– C'est vrai, le rassura-t-il, il n'aurait pas dû faire ça. Mais essaye de comprendre, il se trouve qu'il était un bon ami d'Indio et sa mort l'a bouleversé. Et puis Preto, nous l'aimions tous, pas vrai ? Enfin, ce n'est pas rien, mon ami, il faut penser ensemble à ce que nous allons faire au lieu de se bagarrer. C'est quoi, cette histoire de photo ?

– Rien, répondit-il, la tête basse. Je l'ai trouvée sur le chemin du phare. Elle passait des heures assise là-haut à regarder la mer. Hier, elle a dit que son père avait rejoint sa mère qui repose sur le lit de la mer depuis des siècles. Je crois qu'elle a perdu la boule, la petite.

Du coup, je me souvins de ce que m'avait dit Taio.

– Elle vient ici toute seule ?

– Je ne te cause pas, à toi.

– Ça va, excuse-moi pour cet incident, et n'en parlons plus. Alors, jamais vue avec quelqu'un ?

– Non, pourquoi ?

– Juste comme ça. Il paraît qu'elle est enceinte, lui lâchai-je l'air de rien.

Il ne sembla pas surpris.

Il était midi quand le vent du sud se mit à souffler. Un banc de nuages noirs roulait vite vers le continent. Nos regards convergèrent sur le cordon littoral. Il fallait repartir tout de suite si on ne voulait pas passer la nuit ici, ce que personne ne souhaitait. Paquica avait une radio, Baiano le suivit dans son logis. Cebola était déjà en chemin, et quinze minutes plus tard, il nous lançait la corde pour l'aider à accoster. Une fois à bord,

Baiano sortit de son tee-shirt un papier enroulé dans du plastique. Un grand sourire illuminait son visage ossu.

– Comment as-tu fait ?

– Quatre mots bien placés et la promesse que, quoi qu'il se passe, ses soixante-dix pour cent sont garantis. On va montrer cela à notre historien.

Le cordon écumait à notre approche quand les premières gouttes de pluie nous frappèrent. Cebola poussa à fond la manette de l'accélérateur.

Chapitre 14

– Combien d'hommes ?

– Un rameur, ça suffira, répondit Cosme Fernandes en se hissant par-dessus bord.

Hayreddin Barberousse entortilla la pointe de sa barbe épaisse entre ses doigts. Puis, à son signe, le grand métis se prépara à descendre à son tour.

La mer était calme. Une multitude d'oiseaux profitait de la fraîcheur matinale pour plonger dans l'eau transparente et réémerger avec un poisson frétillant dans le bec. À l'instant où le canot de maître Cosme Fernandes se détachait du *Shams Alghurub,* une pirogue glissa à sa rencontre. Hormis les canonniers restés à leur poste, l'équipage entier, appuyé au bastingage, attendait, muet, la suite des événements. Hayreddin Barberousse leva sa longue-vue en direction de la grande plage. Une centaine d'hommes, de femmes et d'enfants s'y était groupée.

Il ne restait plus que quelques mètres entre les deux proues, lorsque les rameurs respectifs s'immobilisèrent. Debout, face à face, deux hommes se rapprochaient de l'inconnu.

Les cris des oiseaux scandaient les longs instants où deux mondes allaient se rencontrer ou se séparer à jamais. Maître Cosme Fernandes enleva son tricorne en inclinant la tête. L'homme au torse nu leva sa main gauche comme pour protéger sa couronne de plumes, puis tapa trois fois sa paume droite sur sa large poitrine. À la lumière de l'aube, ses cheveux noirs coupés au carré prenaient des reflets bleuâtres. Ses bras musclés, légèrement tendus, étaient ornés de plusieurs bracelets aux couleurs vives. Les traits forts et décontractés de son visage révélaient en même temps noblesse et autorité. Maître Cosme Fernandes sentit ses nerfs se détendre. L'homme à la couronne lui sourit. Puis il se retourna vers la côte et fit face de nouveau, les bras écartés. Rien qu'un geste, mais l'expression qui l'accompagnait signifiait indubitablement « Soyez le bienvenu, étranger ». Maître Cosme Fernandes renvoya le geste, se retournant vers le navire où les marins ahuris formaient une drôle de barrière à tribord.

Le chef indien s'adressa alors à ses hommes. Aussitôt, toutes les pirogues se mirent en mouvement pour aller reconstituer le même demi-cercle, cette fois-ci face à la proue du *Shams Alghurub*. Puis il sourit à nouveau à son hôte, l'incitant à accepter son souhait de monter à bord. Dans un autre contexte, personne ne se serait permis d'embarquer un inconnu sans le consentement préalable de l'amiral. Mais une hésitation dans la circonstance actuelle aurait pu être mal interprétée. Sur son ordre, le métis fit virer le canot. La pirogue suivait de près.

*

Indio Fernandes Pessoa fait ici une autre incise – « nécessaire », précise-t-il, car selon lui les documents sources à sa disposition ne seraient pas assez clairs pour recréer l'atmosphère à bord au moment où le chef Ariró fut présenté à l'amiral Hayreddin Barberousse.

Et il s'explique ainsi : « Ayant constaté que les bribes de traductions, qui devraient relever l'extraordinaire importance de cette rencontre historique, qu'elles soient traduites depuis l'arabe comme de l'hébreu, ne me semblent pas fiables, je me dois de les négliger et passer outre. Car, loin d'être exhaustives, je n'ai ici que des annotations confuses. Pour ma part, je ne peux pas imaginer ce moment à bord du puissant *Shams Alghurub* autrement que comme une approche entre hommes de grande stature et sensibilité et qui avaient pleine conscience de ce qui était en train d'arriver. »

Le gros cahier ouvert sur ma poitrine, les yeux larmoyants à cause de l'ampoule fatiguée, je commençais à me faire une idée plus précise de la personnalité d'Indio. Son calme apparent masquait un sacré révolté. Obsédé par le rétablissement de la vérité historique sur la « conquête » du Brésil et, surtout, sur ses propres origines. Il n'acceptait pas qu'on puisse traiter le peuple natif comme étant des abrutis ou, au mieux, de joyeux enfants. Indio Fernandes Pessoa en voulait aux Blancs, certainement, mais il en voulait aussi à lui-même.

Je rapprochai le ventilateur et repris ma lecture.

*

… L'amiral Hayreddin Barberousse fut très impressionné par la posture du chef Ariró. Homme de lettres et d'armes, aussi apprécié que redouté, il était doté d'un instinct presque animal lorsqu'il lui fallait évaluer dans l'urgence une situation à risque. Son esprit avait décelé la sagacité d'Ariró, à la manière dont il s'était approché de lui. Le pas ferme, le regard calme, comme la mer avant la tempête. Ils s'entendirent parlant la langue des dieux.

Évitons de nous aventurer dans une mauvaise fiction en imaginant les rituels à bord, jusqu'au moment où il fut établi que maître Cosme Fernandes, accompagné par dix-huit hommes armés et choisis parmi les plus adroits, acceptait à son tour d'honorer l'hospitalité que le peuple carijó offrait aux étrangers amenés par *mutupapaba*, c'est-à-dire une « chose merveilleuse ». Il allait de soi qu'Ariró plus une vingtaine des siens resteraient à bord pour se familiariser avec l'équipage. D'un côté comme de l'autre, on savait bien à quoi cela revenait, mais ce fut avec un sourire significatif entre un amiral arabe et un roi américain que l'accord se scella.

Maître Cosme Fernandes prit place dans un canot sous la responsabilité du fidèle grand métis. Un deuxième canot fut mis à l'eau, embarquant une autre dizaine de marins. Les pirogues fermaient le cercle autour d'eux.

Canots et pirogues se mirent en mouvement, le cordon houleux approchait. Même avec une mer calme, maître Cosme Fernandes se demandait comment ils allaient s'y prendre pour le croiser avec leurs coques de noix. Ils étaient maintenant à moins de cinquante bras de la barrière écumeuse. Soudain, deux bâtons de la première pirogue furent détachés et levés à la verticale. À ce signal, tout le monde se mit à faire du surplace. Plusieurs minutes passèrent ainsi, pendant qu'ils observaient les vagues s'entrechoquer dans un va-et-vient chaotique. Soudain, la houle se déchaîna, et l'ordre d'avancer fut donné. Malgré leur expérience, les rameurs des canots avaient du mal à suivre le rythme. Les Indiens fonçaient sur le cordon, enragés, comme des fanatiques se jetant au feu. Cosme Fernandes retenait son souffle. Au moment précis où les pirogues atteignaient la bande sablonneuse, la mer s'apaisa d'un seul coup. Les hommes lancèrent alors des cris, tout en prenant une telle vitesse qu'on ne savait plus si leurs pagaies fouettaient l'eau ou l'air mousseux.

Traverser la baie des Dauphins ensuite fut une placide promenade. Cosme Fernandes et ses hommes débarquèrent sur l'île qui porte aujourd'hui le nom de Cananéia au milieu d'une foule silencieuse. Hommes, femmes et enfants, nus ou une bande enroulée sur les hanches, regardaient ahuris le groupe des étranges êtres barbus avancer parmi eux. Les enfants se cachaient derrière les femmes, qui tenaient leur main sur leur bouche comme pour réprimer un rire. Celui qui guidait le groupe attira l'attention générale, puis tout le monde se mit en mouvement, formant une file le long d'une rivière aux eaux noirâtres et puantes. La lumière du jour avait du mal à percer les frondaisons des ficus démesurés et des mangroves, faisant de leur chemin presque un tunnel. Effrayé par un gros caïman qui se traînait au sec, un marin faillit mettre la main à son arme. Un Indien avec d'énormes boucles d'oreilles savoura la scène, avant de donner un coup dans l'animal pour qu'il retourne à l'eau. Ils débouchèrent dans une clairière où se trouvait un grand nombre de cabanes en bambou et écorce d'arbre. Il y avait dans l'air une odeur semblable à celle du pain qui cuit. Difficile de faire la différence entre du blé et ce manioc qui leur était encore inconnu. Après avoir passé un temps interminable en mer, sans autre chose à manger que des sardines salées, du saindoux et des galettes moisies, les marins en avaient l'eau à la bouche.

Ils furent conduits vers un vieil homme qui les attendait devant une cabane. Il arborait quantité d'ossements. Il se tenait droit et immobile, presque dans une posture de défi. Son visage tatoué ressemblait à une pomme ridée, mais ses petits yeux vifs transperçaient la distance qui le séparait de maître Cosme Fernandes. Celui-ci ôta aussitôt son chapeau et esquissa une courbette. Effrayé, le vieil homme recula d'un pas, puis leva sa main et prononça trois fois le mot *« mutupapaba »*. Après quoi, tous les autres lancèrent un cri à l'unisson et formèrent un cercle autour des étrangers. Tout en cherchant un moyen de communiquer avec celui qui, de toute évidence, était une autorité, maître Cosme Fernandes tenait ses hommes à l'œil. Personne ne comprenait ce qui se passait et à quoi il fallait s'attendre. Les marins étaient en nombre inférieur et, même armés, ils n'avaient aucune chance de s'en sortir en cas d'affrontement. Une petite maladresse et leur sort ne vaudrait pas un sou.

Soudain, le cercle s'ouvrit pour laisser passer un cortège de femmes quasi nues tenant dans leurs bras des plateaux remplis de fruits et d'autres denrées au parfum prometteur. Mais malgré les appels désespérés de leurs estomacs calcinés par le sel des harengs, pas un marin du *Shams Alghurub* n'osa y toucher sans le consentement explicite du maître. Au moment précis où Cosme Fernandes allait se servir d'un rouleau encore fumant dans le plateau qu'une jeune fille tenait juste au-dessus de ses seins nus, l'accident tant redouté se produisit.

Un jeune guerrier, peint en rouge et noir de la tête aux pieds, fit irruption au milieu du rassemblement. Il était suivi de près par une dizaine d'hommes eux aussi armés d'arcs et de flèches. Les volailles qui picoraient, sans crainte des intrus, se dispersèrent dans un affolement criard. Maître Cosme Fernandes respira à fond, sans quitter des yeux le forcené et l'Ancien qui s'étaient engagés dans une vive altercation. Quand à la fin celui-ci se prononça, le jeune guerrier répondit par un hurlement. Ce fut alors qu'une flèche alla s'écraser contre la cuirasse du grand métis. Un coup de feu retentit aussitôt, provoquant une débandade générale. La surprise de l'explosion, qui n'avait pas fait de victimes, ne dura pas longtemps. Moins d'une minute après, le groupe de Cosme Fernandes était visé par des dizaines de flèches engagées dans les arcs tendus. Maître Cosme Fernandes sentit ses poumons se vider. Sa décision fut immédiate. Il laissa tomber au sol son arme à feu, jeta son chapeau et, bras ouverts, exposa sa poitrine aux flèches. Les guerriers ne s'y attendaient pas. Ne sachant plus que faire, ils échangeaient des regards perplexes. Même le forcené qui avait provoqué l'accident finit par baisser son arc et se tournait à présent vers son pajé. Ce dernier avança alors d'un pas ferme vers le centre de la dispute. Aussitôt entouré par les siens, il adressa quelques mots aux jeunes guerriers. La confusion était totale, tous parlaient en même temps. Le calme fut enfin rétabli. Ils étaient apparemment arrivés à un accord. Dans le silence qui suivit, le pajé ouvrit et ferma sa main gauche. À ce geste, quatre guerriers s'approchèrent de maître Cosme Fernandes qui se retrouva aussitôt les mains liées dans le dos. Les marins empoignèrent leurs épées mais la voix du maître se leva, sonore, au-dessus de la cohue, les dissuadant de tout geste belliqueux.

Attaché dans la pénombre d'une cabane, maître Cosme Fernandes tendait l'oreille pour capter tout signe d'hostilité dans le village. Il s'inquiétait pour ses hommes. C'étaient des soldats professionnels, forgés à fer et à sang et fidèles à l'amiral jusqu'à la mort. En ce moment, ils étaient à coup sûr en train de faire le point sur une contre-attaque. Précisément ce qu'il voulait éviter à tout prix. Ces marins allaient agir suivant leurs codes d'honneur, ils étaient légitimés et libres de prendre la décision que les circonstances leur imposaient. Il aurait voulu leur dire que ce n'était pas ainsi qu'on obtenait quoi que ce soit dans un monde qui n'est pas le sien. Mais il était prisonnier. Un otage ? Oui, ce devait être cela, un otage pour se garantir contre les canons du *mutupapaba.* Il avait parcouru mers et terres pour finir ligoté au bout de son rêve.

Accroupi sur un tapis en fibre végétale, maître Cosme Fernandes aurait donné beaucoup pour savoir quel accord le vieux pajé et les jeunes guerriers avaient conclu entre eux. Ils ne s'en étaient pas pris à ses hommes, signe qu'on l'avait identifié en tant que chef. Celui à la chair divine, pensa-t-il, avec un frisson qui le fit se tordre sur place. Mais il chassa vite cette idée. Il avait dans le passé étudié des dizaines de témoignages sur les rites de certaines communautés indigènes qui pratiquaient l'anthropophagie dans les territoires au sud des Indes. Mais pas cette communauté-ci, jugea-t-il. Il ne voyait dans leur posture aucun indice de cannibalisme.

Tandis que maître Cosme Fernandes se tourmentait dans sa prison, le grand métis et ses hommes, surveillés à distance par un bon nombre de guerriers, s'étaient réunis sous les hautes frondaisons d'un figuier. Avant de se laisser emmener dans sa geôle, le maître avait eu le temps de leur crier de rester calmes. Même ainsi, il y fallut toute la corpulente autorité du grand métis pour que ses hommes acceptent de rengainer les armes. Mais on était encore loin de la solution pacifique comme le souhaitait le maître. Une nouvelle discussion redémarra au sein de la communauté indienne. Cette fois-ci, c'étaient les femmes qui, balançant leurs seins, semblaient tenir tête à ce groupe composé des guerriers les plus jeunes. Tandis que le vieux pajé sautillait d'un côté et de l'autre, tentant de reprendre la parole. Suant dans leurs armures mais prêts à vendre cher leur peau, les marins assistaient à la cohue, sur leur garde. Le pajé finit par calmer les esprits. L'ordre rétabli, il s'approcha alors du grand métis et, sans équivoque, lui intima de déposer leurs armes au sol. Tout en le regardant droit dans les yeux, celui-ci gonfla sa puissante poitrine au-dessus de la tête du pajé. Puis il glissa sa main droite au long de son épée et, avec un sourire terrifiant, lui fit entendre qu'ils se résignaient mourir mais que – il pointa son index vers la mer – Ariró, leur chef, connaîtrait le même sort. Comme pour confirmer cette menace un coup de canon déchira l'air. Tout le monde se figea, les yeux rivés au bleu d'un ciel sans tonnerre, et sans la moindre trace d'un dieu en colère. Le vieux pajé recula de plusieurs pas, se plaçant à distance respectueuse des hommes aux barbes et aux cheveux de feu. Tous les autres, guerriers, femmes et enfants, s'écartèrent aussi.

Le coup de canon secoua la cabane comme une brusque rafale. Maître Cosme Fernandes retint son souffle, avant de baisser la tête dans un gémissement bizarre. On eût dit que sa vie suivait maintenant la même parabole que ce boulet lancé dans l'air et dont il ne resta bientôt plus qu'un panache de fumée dissipé dans le ciel, le néant de tout espoir, la fin du Rêve.

La mémoire du chagrin fait son chemin à rebours. Jusqu'à cette nuit où il avait avancé dans les ténèbres laissant derrière lui la dernière plage, son pays. Il savait où il allait et n'avait pas douté, lorsqu'il avait fallu renoncer à une partie de lui-même, à son passé, pour faire place à un présent sans fin et sans repères. Il allait renaître ailleurs. Un ailleurs qu'il imaginait libre de ces êtres qui naissent et meurent sans jamais avoir défié les limites de la normalité. Pendant que lui, dans la tiédeur d'une nuit de fin d'été, allongé sur le pont du navire de ses rêves, pondéré, les yeux ouverts sur un ciel qui se plaisait à paraître immuable mais qui ne l'était pas, s'était laissé aller à l'extrapolation d'une théorie universelle à partir d'une aventure personnelle.

Il est toujours couché sur le dos, son ciel restreint à un toit de feuilles tressées, ses mains ligotées dans le dos. Il lui était déjà arrivé de réfléchir à ce que pourrait être la vie en dehors de la passion brûlante de la découverte. Comme lisant et relisant la même ligne d'un livre ayant survécu à l'incendie de la bibliothèque d'Alexandrie, il se demandait : Comment pourrais-je, téméraire et soupçonneux comme je le suis, jusqu'au cynisme parfois, accepter l'idée que l'univers n'est qu'un souffle entre la vie et la mort et que toute autre agitation est superflue ?

Chapitre 15

Nous devions nous retrouver au bistrot d'Alicio. Baiano n'avait pas précisé l'heure, ce n'était pas dans ses habitudes. « Quand j'aurai fini avec mon pote », avait-il concédé en empruntant l'allée menant à l'immeuble réquisitionné par l'USP, l'université de São Paulo. Son ami l'historien l'attendait et il avait déjà atteint la limite de son ordinaire retard.

Tête basse sous un soleil écrasant, je m'éloignai à petits pas en direction du dock de pêche. Il n'était pas encore midi et pourtant je n'avais croisé personne dans ce quartier habituellement animé. En chemise jaune repassée et chaussé de mules au lieu de ses bottes en caoutchouc blanc, Alicio se tenait debout devant le rideau à moitié baissé de son bistrot. Il regardait la rue déserte avec un sourire consterné. Les bateaux étaient tous en rade, les poissonneries fermées. Même les urubus et les hérons blancs qui traînaient nombreux dans le coin s'étaient éclipsés. On aurait dit un jour de deuil imposé par un caïd de la mafia. Je m'approchai d'Alicio, son expression n'était pas engageante. Il posa son regard sur moi, semblant me deviner, puis hocha la tête comme à la fin d'un long discours. Il souleva le rideau d'un geste si énergique qu'il faillit sortir de ses gonds, puis apporta une table en plastique tout en m'indiquant d'un geste une pile de chaises.

– Ne pose pas de questions, dit-il, levant la main. On va d'abord s'en jeter une, j'en ai bien besoin.

Je n'avais jamais bu un verre en sa compagnie. Je ne l'avais jamais vu boire un verre tout court. Ses mouvements étaient précis mais brusques, décisifs. Le côté indien, d'où provenait son calme stupéfiant, ressortait à présent dans la dureté de ses mâchoires soutenant l'immobilité d'yeux de rapace. Il était blessé. À la deuxième bière, je me lançai :

– Que se passe-t-il ?

Il sembla se ressaisir.

– Il ne se passe rien. Tu le vois bien – ses prunelles noires firent un tour complet dans leurs orbites. Regarde un peu tout autour, tu vois quelque chose qui se passe ? Rien. Ici, il ne se passe absolument rien.

Il vida son verre cul sec. Puis, ayant pitié de moi ou de lui-même, il ajouta en ricanant :

– Tu veux acheter un poisson ? Tu ne veux pas acheter un bon poisson congelé ? Eh bien, chez le Dr Almir, t'as le grand choix. Il importe, exporte, transforme, il dicte la loi, décide de la vie et de la mort. Surtout de la mort, où il est le seigneur.

Je réfléchis à ce que j'allais dire. À sa façon à lui, Alicio avait une certaine confiance en moi, mais je le connaissais assez pour savoir qu'un mot mal placé l'aurait fait se replier sur lui-même comme un hérisson.

– La pêche caiçara, c'est ça ?

Alicio ne répondit pas. Il jeta un regard de l'autre côté de la rue. Vers l'anse où une flottille de petits bateaux aux couleurs criardes se balançait sur la houle de la marée descendante. Soudain, une étincelle d'espoir brilla dans ses yeux, il écarta son verre et leva la tête vers moi.

– Tu crois qu'ils peuvent vraiment tout, qu'il n'y a pas de limites à leur sauvagerie ? Dis-le-moi.

Je ne disais rien, n'y arrivais pas, ne voulais pas encaisser ce qu'il venait de dire. J'avais grillé une grande partie de ma vie en essayant de répondre à ce genre de questions. Les bonnes réponses étaient de plus en plus insaisissables, ratatinées dans le cœur d'un conflit sans début et sans fin. Et je les poursuivais, m'éloignant sur des chemins où le retour n'était pas prévu. Pourquoi Alicio me regardait-il comme ça ? Avait-il repéré mes frissons ? Je me raclai la gorge en étouffant mon sentiment de malaise.

– Ça s'est passé comment ?

– Une injonction judiciaire. La marine s'est pointée à l'aube, plusieurs bateaux ont été séquestrés, des amendes monstrueuses à payer.

– Le motif ? Formel, je veux dire.

– Formel, oui, c'est bien cela. Les canailles. Jusqu'ici on avait réussi à faire entendre nos raisons : interdire la pêche côtière, ça voulait dire mettre au chômage la moitié de la ville. Au bénéfice des grands bateaux qui rejettent à l'eau, déjà morts, les deux tiers des poissons pris dans leurs kilomètres de filets. Mais voilà qu'il y a ces deux morts, ils tombent à pic, s'ils n'existaient pas ils les auraient inventés. Pour que la justice, leur putain de justice, saisisse l'occasion au vol en interdisant toute sortie de bateau dans la baie sous prétexte qu'on pourrait brouiller le cours de l'investigation.

– Ils admettent donc deux homicides ?

– Tu parles, ils s'en fichent des morts, ils s'en servent dans leur intérêt, c'est tout.

– Et maintenant ?

Je vis une exaspération silencieuse s'emparer de son visage. Comme le souvenir d'un cauchemar que la lumière du jour ne parvient pas à dissiper. Sa réponse, il alla la chercher au large.

– Nous sommes en train d'organiser une caravane jusqu'à Iguape. C'est une injonction, il y a recours. Mais le temps joue contre nous. La bonne saison vient de commencer, tout le monde s'est endetté, et si on ne peut pas travailler, plusieurs bateaux seront saisis.

– Ils l'avaient prévu, je suppose. Mais dis-moi, tu ne crois pas que, outre la pêche industrielle, il n'y aurait pas aussi d'autres raisons pour vous empêcher de vous promener dans la baie ? hasardai-je.

Un geste coupant de sa main mourut aussitôt devant son sourire vitreux.

– Les barres d'or du *Havelock*. Tu parles bien de ça, n'est-ce pas ? Toi aussi, tu marches dans ces foutaises ?

– Donc tu n'y crois pas ?

– Je m'en fiche ! Je n'ai pas le temps de me poser ce genre de question, et quand on prend la mer, c'est pour chercher des poissons bien en chair et non des légendes. Tu piges ?

Je comprenais et j'avais honte de m'être rabaissé à ses yeux. Soudain, Alicio se raidit.

– Nous avons de la visite, souffla-t-il.

J'évitai de regarder derrière moi. Quelques instants après, la masse haletante de l'enquêteur Fuligine apparut à notre table. Je l'observai d'un œil par-dessus mon épaule. Cela faisait combien déjà, dix ans ? Peut-être bien quinze depuis le jour où cet énergumène avec un sourire de vache morte regardait ses hommes me passer les menottes. C'était dans une autre vie, mais on aurait dit qu'il l'avait traversée sans changer d'un poil. Il n'avait pas de cou. Ses bajoues et son menton semblaient sortir de ses épaules. Une mince cravate en cuir noir suivait la courbe de l'estomac pour disparaître dans sa ceinture. Ses chaussures vernies pointues brillaient par leur ridicule. Il tira un mouchoir à petits pois de sa poche arrière pour se tamponner le front puis son épaisse crinière grisâtre. Il avait pris une bonne dizaine de kilos. Sa voix en accusait le poids.

– Mon petit gringo, qui l'aurait dit ? Mais pourquoi tu te fourres toujours dans des endroits si inhospitaliers, je me le demande, souffla-t-il.

Je n'en revenais pas, Fuligine à Cananéia. À l'époque, cet homme s'était fait un point d'honneur de me voir enfermé dans une cellule pendant qu'il fabriquait des preuves sur une supposée activité subversive, criminelle, écrivait-il dans son rapport fantasque, dont j'aurais été l'agent étranger. Il haïssait les mouvements sociaux que je fréquentais alors, également motivé par la quantité de jolies filles qui s'y trouvaient. L'enquêteur de la police fédérale de Brasilia, Fuligine, n'aimait pas ce genre de distractions et il me l'avait fait savoir en me mettant au frais.

– Question de goût, répondis-je sans lever les yeux. Pas besoin de m'y suivre.

Il cherchait une chaise, Alicio se garda bien de lui en proposer une.

– T'as raison à moitié, comme toujours, répliqua-t-il, la sueur lui embuant la vue. Tu sais, je suis né à Macapá, la ville la plus chaude de la terre. Quand j'étais ado, avec un pied dans l'hémisphère Sud et l'autre dans l'hémisphère Nord, je pissais sur la ligne de l'Équateur. Qu'en dis-tu, mon petit gringo ?

– Pas mal, mon gros. Mais tu devais avoir une centaine de kilos et un demi-siècle en moins. Ça aide.

– Fais pas le malin, t'es en fin de course. Ton visa, il est à jour ? Allons voir.

Les mains appuyées à plat sur la table, Alicio se leva lentement.

– Vous êtes ici chez moi, monsieur, vous n'avez pas le droit. S'il vous plaît.

Fuligine tenta un de ses sourires délavés, avant de reculer de quelques pas. Assailli par le soleil, son corps dessinait un gros rond d'ombre au milieu de la rue.

– Juste une chose, fit-il sans abandonner son expression bovine. Cet Indio Fernandes Pessoa, le sculpteur de monstres, ce n'était pas un pote à toi ?

Il ressortit son mouchoir et s'éloigna en se tamponnant derrière les oreilles. Sans un mot, Alicio se rassit et remplit à nouveau nos verres. Nous bûmes en silence, chacun immergé dans ses propres pensées. Puis il renifla l'air et dans un soupir de soulagement il lâcha :

– Ça va bientôt tomber.

Je regardai le ciel, une demi-sphère d'un turquoise lumineux, pas la moindre impureté. Pas un fil d'air, l'immobilité des palmiers : on se serait cru devant une photographie. Je me demandais d'où allait venir cette pluie qu'annonçait Alicio. Et aussi quel trou de l'enfer avait régurgité Fuligine. Je l'avais effacé de ma mémoire et avec lui tous les malheurs qui hantent le monde.

Au fond, Fuligine n'était pas pire ni meilleur que moi, nous allions dans deux directions opposées, mais moi comme lui n'acceptions pas que la vie puisse se dérouler par elle-même, sans croche-pied. Sans un petit coup de pouce à droite ou à gauche. La nature humaine est un paradoxe, au nom de la vie on sème la mort. « L'homme est la seule créature qui refuse d'être ce qu'elle est. La question est de savoir si ce refus ne peut l'amener qu'à la destruction des autres et de lui-même, si toute révolte doit s'achever en justification du meurtre universel. » C'est l'énoncé qui me vint à l'esprit lorsque, dans cette époque révolue, la joue tombante de Fuligine était venue s'écraser contre la vitre de la voiture qui empruntait la sortie du pénitencier. « Tu es enfin libre, avait-il ronchonné, ça signifie quelque chose ? – Oui, cela signifie tout juste de ne pas être dans vos geôles », aurais-je voulu répondre, si Albert Camus m'avait laissé faire.

De grosses gouttes d'eau commencèrent à frapper le toit en plaques d'amiante de la terrasse d'Alicio. Pourtant, le ciel était toujours dégagé. Comme répondant à ma question, un coup de vent balaya soudain la jetée, renversa verres et bouteilles, secoua les palmiers, les rabattant les uns contre les autres dans un va-et-vient frénétique. De gros nuages noirs engloutirent le mont São João, avançant à grande vitesse vers le continent. Puis les rafales de pluie tombant en diagonale nous firent nous replier à l'intérieur du bistrot. Juste avant que Baiano, un sac de ciment vide sur la tête, ne franchisse lui aussi l'entrée, manquant de renverser une pile de chaises.

La pluie forte est comme la cigarette après l'amour, elle se déguste en silence.

Lorsque nous regagnâmes le centre-ville, le bleu du ciel faisait comme si rien ne s'était passé. Baiano avait l'air de se marrer tout seul. Assis sur un banc de la place Martim Afonso de Sousa, il ouvrit le jeu.

– Eh ben alors, qu'est-ce que vous lui avez fait ? Il soufflait comme un buffle et a filé devant moi sans même me voir.

– Tu savais qu'il était dans le coin ?

Ma méfiance reprenait soudain le dessus. Baiano ne prit même pas la peine de répondre.

– Alicio, continuai-je, lui a rappelé ce qu'est un chasseur. Il m'a questionné sur Indio, je me demande ce qui l'a fait sortir de son pâturage.

Baiano allait dire quelque chose mais y renonça et se mit à démêler les longs fils de sa barbiche, tout en regardant dans le vide. J'étais déjà prêt à le laisser là quand il posa une main sur mon épaule.

– J'imagine que tu es au courant pour l'interdiction de pêche et d'où cela vient. Il se trouve que cet Almir a un demi-frère sénateur, et quand un sénateur se sent gêné, les Fédéraux s'en occupent. Fais gaffe, il t'en veut ce type, ne lui donne pas l'occasion.

Les mots de Baiano m'arrivèrent comme le grognement d'un tonnerre trop lointain pour annoncer l'orage. Je ne craignais plus les effets pervers de la loi. Il m'avait fallu renoncer au plaisir du défi, à la couleur de la peur, pour enfin m'asseoir sur ma borne et regarder le monde passer. Penser autrement revenait à espérer, et j'avais fait une croix sur l'espoir. L'enquêteur Fuligine n'était plus pour moi qu'une navrante tête de vache. Je me demandai si Baiano aurait voulu entendre cela. Mais je ne dis rien, il me sembla que pour comprendre il lui aurait fallu lire dans le vide creusé entre deux pensées.

Il ricanait.

– Et alors, ton ami l'historien ? Où est-elle la carte ?

– Il s'en est servi pour caler son bureau. C'était du papier solide. Je commence à croire qu'il y a plus d'un malin dans ce jeu. Cette carte a été grossièrement falsifiée pour que le commun des mortels ne s'en aperçoive pas. Il n'y a donc que deux réponses : soit Indio avait des raisons pour rouler tout le monde, soit Paquica ne nous a pas refilé la bonne.

– Une minute. Tout d'abord, comment ton ami a-t-il pu affirmer qu'il s'agit d'un faux ? Connaît-il l'original ?

Je m'attendais plutôt à ce qu'il dise que tout ça c'était du pipeau, pas de trésor et pas de vraie carte. Baiano leva la tête comme pour implorer le ciel.

– La carte existe. Les Portugais s'en étaient déjà servis pour essayer de récupérer cet or, mais ils ont abandonné les recherches au début du XIXe siècle et la carte fut conservée aux Archives d'Outre-mer de Lisbonne. Jusqu'au jour où un chercheur anglais s'est pointé au musée pour examiner des documents historiques de cette époque, et que l'on a découvert que la carte en question avait disparu. Volatilisée. Et personne ne peut dire depuis combien de temps.

Cette fois, ce fut à mon tour de me marrer.

– En voilà une bonne. Ce n'est pas une grande perte pour un musée, du vieux papier sans aucune valeur.

– Je ne dirais pas cela, répliqua Baiano redevenu sérieux. Ce morceau de papier n'est pas si négligeable que cela, il a fait au moins déjà deux morts.

– Tu crois donc qu'Indio faisait la chasse au trésor ?

Il me regarda de travers.

– Je ne crois rien du tout, mais on ne tue pas un homme parce qu'il prétend réécrire l'histoire de la conquête du Brésil. Tu ne penses pas ?

Le soir, après avoir dîné d'un filet de poisson grillé avec un verre de vin de trop, je me promenai sur le quai désert de la rue Beira Mar. Baiano était parti à São Paulo aussitôt après notre conversation. Son syndicat allait négocier un accord avec le rectorat de l'USP et en finir ainsi avec plusieurs mois de lutte pour empêcher que l'hôpital du campus suive le même destin que des crèches rayées à coups de matraque. Avant de monter en voiture, il avait empoigné ma main comme il ne l'avait pas fait depuis bien des années. Je me marrai, mais c'était pour cacher ma gêne de le voir dans le rôle du frère aîné. Il s'inquiétait. Il y avait beaucoup trop d'inconnues dans cette affaire. Au lieu d'apporter un peu de lumière, nos recherches avaient ouvert le jeu aux canailles de la capitale. Baiano avait eu lui aussi maille à partir avec Fuligine, bien avant moi. Il redoutait son exhibitionnisme, sa collection de médailles polies par les louanges d'une presse sans scrupules. Qu'est-ce qu'il venait faire ici et pourquoi s'intéressait-il à moi ? Beaucoup trop de questions pour si peu de réponses.

Comme pour la carte volée, l'ami historien s'était aussi montré compétent au sujet des sources du manuscrit d'Indio. Les notes en bas de page composées de numéros ou de lettres de l'alphabet hébreu, parfois arabe, l'avaient amené tout droit au Musée islamique du Caire. Son origine syrienne, qui avait contribué à faire valoir sa réputation dans le milieu académicien, lui avait permis d'obtenir la collaboration discrète d'un collègue égyptien. Son intuition se révéla sûre. Plusieurs liasses des documents portant les mêmes références étaient classées, suivant cette même méthode ancienne, dans le secteur des archives scellées. Bien que les documents d'origine soient assez abîmés, l'informateur égyptien fut catégorique quant à la similitude entre les données fournies par notre ami l'historien et celles correspondant aux archives.

Baiano m'avait passé ces informations d'un air de dire que cela ne changeait rien à l'affaire. Qu'Indio n'était peut-être pas ce qu'il prétendait être, mais qu'il était aussi trop idéologue pour ne pas mettre beaucoup de lui-même dans son récit historique. « Et j'insiste, avait-il ajouté avant de démarrer sa voiture, pourquoi t'a-t-il cherché, toi, pour te mêler à cela ? Et voilà Fuligine qui s'amène aussi. Matière à réfléchir, il me semble. »

Je m'appuyai contre la balustrade. Mes pensées roulaient sur la surface huileuse du canal. Là-haut, les étoiles peinaient à percer la vapeur dégagée par les mangroves. Cananéia me ravalait. Elle ne m'avait jamais oublié ni digéré.

Chapitre 16

La chaleur et les piqûres brûlantes d'une sorte de moustique de la taille d'un demi-moucheron avaient eu gain de la résistance de maître Cosme Fernandes. Avili, il employait ses ultimes forces à se tortiller sur place pour contenir l'assaut des insectes. La « terre du milieu », son tremplin pour la gloire, il l'aurait maintenant donnée en échange d'une main libre pour apaiser le prurit. Il en pleurait presque lorsque la porte de la cabane fut ouverte et que la lumière du jour le frappa en plein visage. Au début, il n'arriva pas à discerner la silhouette qui se courbait pour pénétrer à l'intérieur. Quand sa vue s'adapta, la démangeaison qui le tourmentait recula face à ce mirage dans le désert de la pensée.

C'était une jeune fille, d'une beauté éblouissante. Elle le regardait comme aucune femme n'avait jamais osé le faire. Il ne savait pas ce qui le troublait comme ça, ce n'étaient pas ses yeux, sa beauté non plus. Une apparition, oui, elle était musique, un adagio le conduisant entre la lumière et les ténèbres de la mémoire. Elle avança d'un pas, il sentit une partie de son être aspiré et projeté dans les méandres de la mémoire. La jeune fille parla, ou ne poussa qu'un soupir. Il sentit son bas-ventre se nouer puis se décontracter dans une sensation de chaleur qui lui ouvrit la porte interdite des souvenirs d'enfance. Il écarquilla alors ses yeux pour ne jamais plus les refermer.

Il y a des poissons qui muent pour se sauver. Faute de ce recours, les humains fuient le danger en arrachant de leur passé une tranche d'eux-mêmes, celle où le mal a été conçu. Une amputation à coups de hache, pas le choix, c'est cela ou la gangrène. Après une mutilation pareille, beaucoup ne se redressent jamais, et vaquent dans un no man's land entre ce qu'ils étaient et ne sont plus et l'inconnu auquel ils n'osent pas s'attaquer. Mais pas le jeune Cosme Fernandes. Le fils d'une mère juive et d'un père catholique mort en mer par la volonté d'un dieu qu'il n'avait jamais rencontré n'a pas le droit d'être comme les autres. Enfant, il savait déjà que la lutte est le principe de l'existence et que sans elle la vie n'aurait pas de raison d'être. Lui révéler le plaisir du combat était le plus beau cadeau que ses parents pouvaient lui offrir. D'où la volonté inébranlable de regarder le monde en face et de le modeler à ses goûts et ambitions, jusqu'à devenir vingt ans plus tard Maître Bacharel de l'École de Sagres.

Mais quel rapport entre la vision de cette jeune fille du bout du monde et son enfance décapitée ? Ce n'était pas une question, c'était une tentative pour résister à l'aimant qui l'aspirait toujours plus loin, jusqu'à l'enceinte haute et grise d'une abbaye au bord du Tage. Le meilleur centre éducatif qui s'offrait à l'époque pour un enfant d'origine modeste. Son père en avait ainsi décidé. Sa mère avait pleuré, baissant la tête, pendant qu'un moine attendait les bras croisés sur sa soutane obscure.

La jeune fille le regardait en silence. De son visage rond, sculpté dans une matière inconnue parfaite comme le bronze et douce comme la soie, se dégageait quelque chose de semblable à un sourire d'encouragement. Maître Cosme Fernandes comprit alors. Elle voulait qu'il retourne dans son passé, qu'il ressente à nouveau le goût du vomi dans sa bouche, qu'il retienne encore sa respiration pour ne pas inhaler cette odeur de sueur rancie, la plus difficile à extirper de sa mémoire. Il fallait qu'une jeune fille l'attende au bout de son rêve juste pour lui rappeler le cauchemar. Fermer les yeux. C'était ce qu'il avait fait pour ne pas revenir aux couloirs sombres de son enfance. Pour ne plus jamais être réveillé dans son lit par des tentacules jaillis d'une soutane noire pour le souiller. Pourquoi ne pouvait-il leur fermer les yeux, réfugier son âme dans le coin le plus reculé de la nuit profonde ? Malgré lui, il gardait les yeux ouverts sur l'inévitable. Pendant qu'une larme, la première de sa vie, coulait lente et chaude le long de sa joue. Il redressa sa tête, le mirage le regardait toujours. Il lui sourit, alors qu'un plaisir oublié s'emparait de lui.

Sans le quitter des yeux, elle émit un court son aspiré. Aussitôt, deux filles arrivèrent, un panier à la main, qu'elles déposèrent devant le prisonnier avant de regagner la sortie en étouffant des petits rires. Nue jusqu'à la taille, elle s'agenouilla face à lui, ses seins effleurant presque sa barbe hirsute. Elle posa son index sur ses lèvres et puis sur sa poitrine et d'une voix douce comme le toucher d'une fleur dit : « Caniné. »

« Caniné », c'était son nom, il fallait se présenter à son tour. En proie à des sensations trop longtemps bannies de son esprit, il donna le sien sans entendre le son de sa voix. « Cosme. » Elle le répéta plusieurs fois joyeusement comme une gamine qui trouve drôle la découverte d'un nouveau mot. Puis elle sortit d'un panier une papillote de feuille de maïs, la déroula sur ses genoux, sépara un bout d'une pâte jaunâtre et le lui offrit. Il regardait cette petite main s'approchant de sa bouche, non pas avec l'avidité d'un estomac vide mais savourant la langueur érotique d'appétits trop longtemps refoulés. Elle lui présenta un méchoui de fourmis mélangées à du jaune d'œuf d'oiseau, mais il n'y prêta pas la moindre attention, se contentant de la fixer, ébahi. Puis elle prit dans un gousset une boulette noire qu'elle lui fourra dans la bouche. Elle allait sortir lorsqu'une idée brilla dans ses prunelles. Elle vint s'agenouiller derrière lui et commença à défaire le nœud de la corde qui lui serrait les poignets.

Libre de ses mouvements, maître Cosme Fernandes était plus intrigué par la surprenante absence de pudeur de Caniné que par les gourmandises de ses paniers. Elle passait ses petits doigts dans sa barbe et ses cheveux, prenait ses mains dans les siennes, explorait cette peau blanche et poilue avec une curiosité d'enfant. Lorsqu'il déboutonna sa chemise, elle resta bouche bée face à l'épaisse toison rousse qui lui couvrait une partie de la poitrine. Elle riait, ravie de ses découvertes. Ses mains parcouraient le corps de l'homme.

Maître Cosme Fernandes répondait maintenant aux attouchements avec une aisance qu'il ne se connaissait pas. Le *cauim* y était sans doute pour quelque chose. Cette boisson tannée et épaisse qu'elle lui avait servie dans une citrouille était un extrait de manioc, maïs et ananas fermenté par la salive des femmes auxquelles revenait cette tâche. Il en reprit une petite gorgée et allait se mettre debout, mais Caniné, toujours souriante, l'obligea à rester à genoux face à elle d'une légère pression de ses mains sur les épaules. Un geste qui ne révélait aucune hostilité, mais suffit à rappeler à maître Cosme Fernandes sa condition de prisonnier. Il baissa la tête, la démangeaison recommença.

Caniné l'observait, perplexe. Elle avait remarqué son malaise mais ne semblait pas en comprendre la raison. De l'agitation à l'extérieur les fit sursauter. Elle recula jusqu'au seuil sans perdre de vue l'étranger. Dehors, la clameur atteignait des niveaux inquiétants. Puis, soudain, tout retomba dans le silence. Caniné revint vers lui, ses bras tendus l'invitant à se lever et sortir. Une grande foule s'était amassée face à la cabane du pajé. Caniné l'entraîna au milieu du rassemblement. Ce qu'il vit lui arracha des larmes de joie. Vêtu de son uniforme, l'amiral Hayreddin Barberousse se tenait à côté d'un Ariró statuaire, considérant son peuple comme un père face à un fils transgresseur. En dehors du pajé, qui sautillait comme un oiseau, les autres ne soufflaient mot. Ils s'écartèrent avec respect, laissant Caniné conduire le prisonnier en présence de leur chef.

C'était déjà l'aube lorsque le roulement des tambours s'éteignit dans une atmosphère de lourde satiété. Toute la nuit, maître Cosme Fernandes, l'amiral Hayreddin Barberousse et ses hommes furent servis en viandes, poissons grillés, fruits inconnus et toutes sortes de denrées bien arrosées de cauim. Caniné ne manquait pas une occasion de s'approcher de son ex-prisonnier. L'intérêt manifeste qu'elle lui portait provoquait de petits rires et des plaisanteries, même chez le chef Ariró et ses proches.

Quand les premiers rayons de soleil frappèrent la crête des ficus, personne ne s'étonna de voir Caniné disparaître dans sa cabane en compagnie de maître Cosme Fernandes.

Entraînée par la vive hospitalité des Carijós, la fête n'était pas près de se terminer. Les hommes chassaient, les femmes ne laissaient pas le feu s'éteindre, la belle

Caniné ne quittait pas d'une semelle maître Cosme Fernandes qui, entre deux baisers, s'adonnait à l'apprentissage de la langue locale. Les marins étaient ravis et l'amiral dut infliger des sanctions. Se divertir n'entrait pas dans les plans de l'amiral Hayreddin Barberousse. Le temps pressait et il voulait reprendre la mer avant la fin de l'été. Le *Shams Alghurub* avait besoin de réparations. La vergue placée en travers du premier mât avait été cassée en deux par les rafales sur la ligne équatoriale. On l'avait réparée avec le bois disponible à bord, mais il n'était plus question de naviguer avec. La traversée avait été bien plus longue que prévu. La coque avait résisté à la houle, mais non sans dommage. Le renforcement d'une partie de la carène était nécessaire, ce qui impliquait de mettre le navire en cale sèche. La construction d'un chantier naval fut débattue au cours des réunions entre l'amiral, le chef Ariró, le grand métis et maître Cosme Fernandes. Lequel, en si peu de temps, avait appris des rudiments de carijó.

Cette mise en œuvre n'aurait pas été possible sans le génie d'Ariró. Il fit preuve de ses talents de chef, capable d'analyser les tenants et les aboutissants d'un ouvrage inédit et de proposer ce qui lui semblait convenable pour les deux parties. Pour la qualité du bois il n'y aurait pas de problème ; il y avait ici des arbres au bois dur comme pierre de durée éternelle. Ce chantier naval, d'après les exigences qu'on lui avait exposées, ne pouvait être établi qu'au pied du mont São João. Là où le fond du canal et l'inclinaison de la terre ferme permettraient de travailler sur la quille à marée basse. Cinquante hommes étaient mis à disposition pour l'accomplissement des travaux. Une seule chose en échange : maître Cosme Fernandes resterait leur hôte le temps de construire une *mutupapaba* pareille au *Shams Alghurub* pour honorer le peuple carijó. L'amiral se garda bien de révéler que c'était le but de maître Cosme Fernandes. Même sans cet accord, il n'était guère question de laisser partir l'homme dont la fille du chef était devenue l'amante.

La nation carijó s'était formée suite à la migration d'Indiens guaranis provenant des lointaines terres du Paraguay. Dans le sud et le sud-est du Brésil, ils avaient trouvé des terres fertiles, une chasse abondante et les eaux les plus poissonneuses du littoral. Dans des conditions de survie aussi favorables, ils avaient rapidement évolué, peuplant une région qui, depuis le capitanat de São Vicente, proche de São Paulo, en passant par Cananéia, s'étendait jusqu'à l'actuelle frontière avec l'Argentine. La conquête d'un si vaste territoire ne fut pas une tranquille promenade. Nous ne savons presque rien des habitants originaires de cette région avant l'arrivée des Carijós. Il est toutefois raisonnable de déduire que leur habileté dans l'art de la guerre, qui fera d'eux un redoutable adversaire des Portugais, ne s'était pas affinée dans la seule pratique de la chasse ou de la pêche.

Malgré les pillages, il existe toujours dans les alentours de Cananéia plusieurs *sambaqui* bien conservés. Il s'agit de cimetières qui peuvent dater de huit mille ans, où les peuples anciens enterraient leurs morts sous des tumulus de coquilles d'huîtres. Leur hauteur peut atteindre vingt-cinq mètres sur une superficie si vaste que, au XVIe siècle, les Portugais édifièrent le palais du gouverneur et plusieurs autres bâtiments publics avec les coquilles moulues d'un sambaqui.

Peuplant plus de mille deux cents kilomètres face à l'Atlantique, il n'est pas surprenant que les Carijós aient été les premiers « Indo-Américains » à être entrés en contact avec les navigateurs du vieux monde…

Chapitre 17

Les teintes du crépuscule dessinaient des figures frémissantes sur la façade blanche immaculée de la maison de l'Arabe. C'était ainsi qu'on désignait par ici la demeure du Dr Almir. Mais dire maison équivalait à la réduire à taille humaine, alors que les colonnes marbrées et la sinuosité des lignes s'élançant vers le ciel étaient plutôt faites pour satisfaire les caprices des dieux.

Une telle bâtisse dans une petite ville de pêcheurs ne peut que stimuler l'imagination de la communauté. C'est ainsi que le tunnel qui menait du port privé au sous-sol n'était plus considéré comme un simple endroit où garer une flottille de bateaux. Les fantasmes locaux l'avaient transformé en un boyau reliant les cercles de l'enfer à un lieu de perdition. Des festins orgiaques, où l'on jurait que Satan en personne était l'invité d'honneur, avaient dernièrement enrichi les sermons de prêtres et de pasteurs. Ce halo de mystère, que personne n'avait peut-être voulu mais dont tous avaient fini par s'accommoder, formait un bouillon de culture pour toutes sortes de racontars. Ce qui était bien vrai, c'était les soixante employés fixes, dûment enregistrés au bureau de placement municipal. Ce n'était pas rien pour l'entretien d'une résidence presque toujours fermée. Autant de salaires plus une noble taxe d'habitation suffisaient pour se garantir le respect des autorités.

Je m'incendiai la bouche avec un risotto pimenté aux fruits de mer quand une combinaison entre une décapotable et un tracteur vint se garer devant la terrasse du Miramar. Me coupant la vue sur la place où un trio de jeunes femmes était possédé par un rythme de samba. Les garçons se précipitèrent à l'accueil, mais le type avec des lunettes de la taille d'un garde-boue ne les vit même pas. Il se dirigea tout droit vers ma table et posa une carte de visite noire dans mon assiette. Sans le regarder, je poussai de côté cette intrusion aux lettres dorées et attaquai mon dernier calamar. Le molosse à la tête rasée, un serpent tatoué autour du cou, jeta un regard à la ronde, comme pour prendre les autres dîneurs à témoin de tant de hardiesse. Après un moment d'indécision, il approcha sa gueule de la mienne et, avec un fort accent slave, souffla qu'il fallait se dépêcher, le Dr Almir m'attendait. J'appelai le garçon pour un autre demi pression, avant de lui souffler à mon tour qu'il pouvait aller m'annoncer, je connaissais le chemin.

Depuis la ruelle qui borde le canal, on ne voit que la pointe de plusieurs toits dépassant des murs d'enceinte. Il y avait une entrée de ce côté-ci, mais elle était difficile à distinguer parmi les stucs en haut-relief, une scène de pêche, courant tout le long du mur. Certain d'être observé par une de leurs caméras, je m'assis sur le parapet, observant l'improbable trajet d'une famille de dauphins. J'avais arrêté de fumer il y avait déjà une bonne dizaine d'années. Mais il y avait encore des moments comme celui-ci où je sentais le goût de la fumée me chatouiller la gorge. Un sifflement derrière moi me sortit d'une querelle sur le pour et le contre du tabac. Une porte coulissante s'ouvrit comme par magie sur une pelouse taillée au rasoir.

Si je m'attendais à une réception menaçante, j'allais être déçu. Le portail se referma dans mon dos. Entre moi et le Dr Almir, dressé à l'autre bout de l'allée, rien que le bourdonnement des insectes voletant autour des fleurs. Je sus que c'était lui à son sourire répandant la sympathie comme des effluves de parfum juste dosé comme il faut. En bermuda de jean et chemise blanche à manches courtes, il me tendit la main avant que je sois à sa hauteur. Il prononça mes prénom et nom comme si on s'était déjà rencontrés dans une autre occasion aussi agréable. D'un mouvement un peu affecté, il me devança au long d'un couloir qui s'ouvrait comme un tunnel creusé dans un aquarium géant. Je marchais littéralement au milieu de centaines de poissons. Interprétant mes pensées, il dit que c'était une folie de son ex-femme, une fortune pour entretenir tout cela, mais il n'arrivait pas à s'en débarrasser.

– J'ai même essayé de les refiler au Miami Seaquarium. Ils exigeaient tout un tas de papiers, mais la vraie raison de leur refus, c'est qu'il y a ici des espèces rares dont je doute qu'ils aient jamais entendu parler.

À l'autre bout, c'était son bureau. Après cette promenade sous-marine, je me sentais comme sorti d'un massage thaïlandais. J'aurais volontiers accepté un verre si je n'avais vu une nuque de vache dépasser d'un fauteuil en osier. L'homme se retourna, c'était bien le sourire de Fuligine. Parant toute hostilité, le Dr Almir s'empressa de m'approcher un autre fauteuil.

– Je vous en prie, asseyez-vous. Je sais, vous avez eu des ennuis tous les deux, dit-il en adressant un regard de reproche au policier. Mais, maintenant, il n'y a ici que des personnes adultes et bien vaccinées. Vous êtes ce que vous êtes, dit-il à mon intention, rien à dire, et lui, eh bien, lui est tout proche de la retraite. N'est-ce pas, monsieur Fuligine ?

La vache souleva son verre pour savourer l'instant. J'étais partagé entre l'envie de partir et celle de savoir de quoi il retournait. Le Dr Almir prit une chaise, elle aussi en osier, et alla s'installer derrière son bureau.

En contraste avec l'opulence jusqu'ici affichée, cette pièce était d'une sobriété surprenante. Il y avait des livres empilés à même le sol, l'ameublement était réduit à l'indispensable et d'une qualité moyenne. Y compris le bureau sur lequel on voyait une tache d'encre. Le lampadaire en fer forgé était de ceux qu'on trouvait dans les boutiques d'artisanat local. Soit le Dr Almir nous avait reçus dans un cagibi, soit l'agencement de son bureau avait été confié à une équipe d'architectes-psychologues expérimentés dans l'art de la tromperie.

Le menton appuyé sur ses mains jointes, il garda le silence, me laissant le temps de réfléchir à tout cela. Son attitude était un modèle de duplicité. Mais il serait injuste de le décrire comme un hypocrite. Il avait ses propres valeurs. Chez les Bédouins du Moyen-Orient comme partout, l'essentiel, c'est l'image. La richesse n'est pas toujours le décor le plus efficace.

Le Dr Almir toussota. Fuligine se servit à nouveau d'une bouteille de brandy espagnol.

– Je vais vous raconter une histoire, monsieur.

Il prononça « monsieur » avec la même intonation de respectable amitié, puis fit une pause pour être certain d'avoir toute mon attention.

– C'est une histoire d'un prosaïsme déroutant qui pourrait paraître trop tordue ou alambiquée pour correspondre à des faits réels. Pour n'importe qui, mais pas vous. Parce que vous n'êtes pas du genre à me croire assez imbécile pour vous faire venir ici pour écouter des bobards. Vous me suivez, monsieur.

Il esquissa un sourire.

– Très bien, votre silence est plus prometteur que ce que vous imaginez.

« Je parle d'une histoire qui vient de loin. Indio et moi nous nous sommes connus à la faculté. Nous étions différents, lui le surdoué et moi le fils à papa. Mais nous étions jeunes et rêveurs tous les deux. On a fait pas mal de conneries ensemble à l'époque. Indio était un excessif dans tous les sens, mais il ne manquait pas de générosité. Il m'a tiré d'embarras plus d'une fois, sans songer aux conséquences. Mais il était comme ça, Indio, têtu comme une mule lorsqu'il fallait défendre ses convictions. Cependant incapable de s'approprier les résultats de ses efforts une fois son but atteint. Son idée fixe était la recherche historique, mais j'ai toujours pensé qu'il n'avait rien d'un scientifique. Indio était un artiste, une de ces créatures difficiles à saisir mais qui peuvent vous surprendre à tout moment. Nous aurions pu faire une combinaison parfaite, l'un dominant la terre et l'autre le ciel. Mais dans la vie réelle, les choses ne se passent pas ainsi. Alors que j'allais hériter des affaires de famille, Indio se faisait virer de l'université à cause de la singularité de ses idées sur la conquête du Brésil. J'avais perdu sa trace, hormis quelque apparition dans les pages culturelles où je le trouvais tantôt sculpteur, tantôt conférencier dans un congrès international sur l'anthropologie indo-américaine. Puis plus rien, jusqu'au jour où il se pointa au siège de notre société à São Paulo. Où il risqua de se faire jeter dehors parce qu'il voulait voir tout de suite le P-DG. C'était drôle de le retrouver après tout ce temps. Avec sa tignasse lui effleurant les épaules et ses habits de croque-mort, il avait eu de la chance que la réception n'ait pas appelé la police avant mon arrivée.

« Son apparition me rappela notre jeunesse déjantée où nous partagions certains préjugés sur le mode de vie bourgeois. Alors qu'à présent j'étais gêné de le recevoir dans ce bureau au dernier étage d'un immeuble somptueux. Pour le mettre à l'aise, je l'ai invité au café du coin. Il refusa. Il n'attachait aucun intérêt à ce genre de détails. Il s'était renseigné sur mon adresse avec l'intention de venir me voir, mais là, il était juste de passage par hasard dans le coin. Il reviendrait, il avait une affaire à me proposer. Mi-ému, mi-incrédule, je lui donnai mon numéro personnel. Sur ce il se leva et disparut de ma vue, comme un fantôme. Indio, me proposer une affaire, à moi ? J'avais sûrement mal entendu, il ne reviendrait jamais. C'était bien son style.

Un ricanement secoua à cet instant le double menton de Fuligine. Je lui lançai un coup d'œil meurtrier, il leva son verre à ma santé. Le Dr Almir ne perdit pas le fil.

– Eh bien, je me trompais. Au bout d'une quinzaine de jours, il laissa un message sur mon répondeur, me demandant si je n'avais pas envie de descendre de ma tour pour passer un jour ou deux dans un joli coin sur le littoral. Je n'avais pas vraiment le temps pour ce genre d'escapades, mais les renseignements que j'avais eus entre-temps sur son train de vie éveillaient ma curiosité. Je ne suis pas un paranoïaque qui fait surveiller tout le monde, mais notre entreprise fait partie d'un groupe qui opère au niveau international, avec un service de sécurité qui agit en large autonomie. Que je le veuille ou non, personne ne monte aux étages sans laisser une fiche dans leurs archives. Sans compter que les voyages d'Indio en Europe, au Maghreb et en Israël étaient trop récents pour ne pas attirer l'attention. Bien sûr, la seule idée qu'il pouvait être un espion de la concurrence était ridicule, mais à chacun son boulot. N'avez-vous pas soif, un café peut-être ?

Je refusai. Fuligine regardait ailleurs comme si tout cela n'était plus que bruit de fond.

– Un dimanche matin, je débarquai dans le petit aéroport de Registro et continuai en voiture jusqu'à Cananéia. Indio m'attendait dans le bar d'un hôtel à l'entrée de la ville. J'étais cette fois plus détendu et je ne lui cachai pas mon plaisir de le retrouver. Il était toujours le même. Toujours drôlement énigmatique, avec sa façon à lui de passer de la plaisanterie au sérieux sans changer de ton. Ce qui ne l'empêchait pas d'être concis. Son affaire était aussi simple que ça : étant en possession de documents scellés exclusifs qui, soi-disant, pouvaient enterrer à eux seuls la version officielle sur la découverte du Brésil, il avait ces dernières années réuni des éminences mondiales de la recherche historique autour d'un projet visant la fondation du premier Institut de découverte de l'Amérique du Sud. Il allait de soi que cette institution devait avoir son siège dans la première ville du Brésil, c'est-à-dire à Cananéia. À moi donc la part du con en ce qui concernait le financement du projet.

« Mais, au moins en partie, vous devez déjà avoir entendu parler de cela, n'est-ce pas, monsieur ?

Je regardai Fuligine de travers, avant de lui répondre par une mimique que j'espérais neutre.

– Bien sûr, reprit le Dr Almir, étant tout sauf un idiot, Indio savait n'avoir aucune chance, au nom de notre ancienne amitié, de me soutirer de l'argent par amour de la vérité ou, pire, d'appuyer le délire d'une poignée d'intellectuels douteux. Indio n'ignorait pas que nous avions dans notre groupe un département d'aide au développement d'activités culturelles. Mais ce recours ordinaire et, disons-le, plutôt grossier de toute entreprise d'envergure qui recherche une consistante réduction d'impôts n'était qu'une amorce. Indio gardait dans son panier l'appât irrésistible, spécialement préparé pour moi. L'homme n'était pas dupe et son service de renseignements était aussi efficace que le nôtre. Vous me concéderez ici une brève digression explicative, monsieur.

« Depuis que j'ai pris en main les affaires de famille, notre fortune en a bénéficié. Cette entreprise moyenne est devenue une puissance dans notre domaine de production. Je ne vous cache pas que nous sommes à l'avant-garde dans la recherche de traitements hier inconcevables. Autre génération, une différente vision du monde, il n'y a pas de secret. Mais, même limité par les normes sévères de l'économie, je suis resté en quelque sorte ce rêveur qu'Indio avait connu. Quoique satisfaisantes, les affaires ne comblent pas mes anciens appétits d'aventure. L'exploration de la bande ténébreuse située entre le réel et l'imaginaire exerce sur moi une attraction que je dirais presque maladive. J'ai poursuivi des fantômes et leurs légendes partout où l'occasion s'est présentée. Pénétrer l'arcane, taquiner le mystère, ouvrir les coffres où les dieux gardent leurs gemmes précieuses. Croyez-moi, monsieur, même si vous êtes, ou vous étiez dans une autre époque, un matérialiste, je vous assure qu'aucun plaisir n'est comparable.

Il rit tout doucement, les yeux fermés. Puis revint à moi, se plaignant de la chaleur lourde du soir.

– Je n'ai pas fait installer l'air conditionné dans cette pièce, je voulais au moins un endroit dans cette maison où l'on puisse sentir Cananéia sur la peau.

Et il rit à nouveau, avec une élégance étudiée.

– Il va de soi, reprit-il, que les imprudences propres à ce genre de hobby n'aident pas à séparer les rêveurs des escrocs et il arrive de se faire avoir en beauté. Mais cela fait partie du jeu. Il en fut ainsi avec la fabuleuse mine d'émeraudes cachée par les Incas de Colombie. Mon dernier fracas juste avant l'apparition d'Indio dans mon bureau.

« Oui, je vois, je vous fais de la peine. Mais même vous, comme tous, vous avez aussi votre enfant caché en vous, un drôle de jojo qui se laisse amadouer dans la vie ordinaire en échange d'évasions exaltées, souffla-t-il, montrant enfin la dureté dans les traits ensevelis de son visage.

Il fit une pause, puis continua d'un ton neutre.

– Mais je me trompais, Indio n'était plus tout à fait le même. Il était toujours aussi déterminé mais avec une bonne dose de cynisme en plus et il ne le cachait pas. Il épuisa le sujet avec les mots suivants : « Je pourrais t'apporter autant d'or et de joyaux que même ton empire ne pourrait s'offrir. Mais cela serait idiot parce que tu es déjà riche et je ne te vois pas en train de voler un tel patrimoine historique. Mais ce que tu veux, ce qui manque à ton curriculum, c'est d'inscrire ton nom en lettres dorées dans l'album des immortels pour avoir rendu au Brésil son histoire réelle et sa richesse en carats. »

– Et ce n'est pas le cas ? laissai-je échapper.

Sa réponse fut plus amère que sèche.

– Je n'ai pas dit le contraire. Mais revenons à notre histoire, je vous prie, fit-il en regardant sa montre.

« Cette conversation eut lieu il y a environ six ans. Depuis lors, beaucoup de rats sont sortis du tonneau. Mon intention de rentrer à São Paulo le jour même faiblit au long d'une promenade en ville. Nous longeâmes la Beira Mar jusqu'au centre-ville, le long de ruelles pavées se dénouant entre des façades sans âge, qui nous font nous sentir des intrus dans notre propre pays. Nous gagnâmes le petit pont qui mène au quartier São João. C'était là qu'Indio avait décidé d'ériger son futur sanctuaire de recherches, juste à côté des locaux de l'Institut océanographique de l'USP. Revenant sur nos pas, il nous fit faire un détour par le quai où les pêcheurs renversaient sur la jetée des caisses pleines de poissons frétillants. Il me présenta à quelques propriétaires de bateaux et d'autres personnages qui animaient le marché dans des conditions aussi élémentaires que pittoresques. C'était émouvant. Bref, vous connaissez Cananéia aussi bien que moi sinon plus. C'est une enclave où l'environnement est conservé de manière rare et où les habitants gardent toujours la pureté de leurs traditions. Un îlot de paix unique et de bon goût sur les centaines de kilomètres de littoral envahi par la décadence du tourisme agressif de notre État. Si bien que quand la mairie me proposa l'achat d'un joli terrain face à la mer, je n'y ai pas réfléchi à deux fois. Un an après, la maison que vous voyez ici était bâtie.

« Mais les affaires avec Indio n'avancèrent pas à la même vitesse. Selon mes informations, il n'avait pas menti sur la carte volée aux Archives d'Outre-mer de Lisbonne ; il existait aussi un petit nombre d'historiens de réputation internationale qui, très intéressés par les théories d'Indio, avaient attiré l'attention de quelques universités, certaines sponsorisées par de riches pays arabes. C'était assez pour commencer d'articuler ce projet aussi ambitieux que chéri par Indio et les siens. Il va de soi qu'avant toute initiative sur le terrain, il nous fallait une autorisation en bonne et due forme tamponnée par les autorités compétentes. Autorités au pluriel, car notre projet concernait le ministère de l'Éducation et de la Culture et celui de l'Environnement. Il fallait aussi l'aval de la Marine nationale. Indio assurait que le document en question avait été présenté, déjà approuvé et qu'il suivait maintenant la routine imposée par la bureaucratie. Je n'avais aucune raison de douter de sa bonne foi. Les mois passèrent, pendant que je me cassais la tête avec un tas de lettres officielles rédigées par des rats de bureau, experts dans cette ponctuation miraculeuse où on ne sait plus si l'interdit est autorisé ou si c'est l'autorisation qui est interdite. Ils s'efforçaient toutefois de ne jamais faire la moindre allusion à une exploration du fond marin de la baie de Tramandé, ce qui aurait été nécessaire avant tout. Quand Indio ne faisait pas la navette entre São Paulo et Brasilia pour essayer de synchroniser un secrétaire avec un autre secrétaire pour mettre fin à cette embrouille, il se consacrait à investir mes avances pour conscientiser une communauté indienne qui nous serait utile le moment venu.

« Commencez-vous à vous repérer, monsieur ?

– Pas du tout. Mais allez-y, j'ai tout mon temps.

Il consulta sa montre avant de reprendre :

– Voyons, vous êtes au courant des supposées racines ethniques d'Indio. Son nom à lui seul évoque le cauchemar de la conquête. Je n'ignorais pas qu'il était en train de soutenir ces Indiens, avec mon argent, au nom de leurs origines communes. Je laissais faire, l'argent n'était pas le problème, le montant des avances étant pour moi dérisoire. Et puis, ne serait-ce que pour m'avoir fait découvrir ce petit paradis, je lui en aurais fait volontiers cadeau. Mais ce qu'il ne pouvait en aucune façon se permettre, c'était de trahir un vieux compagnon de route. Cela jamais, personne. Je suis certain que vous partagez ce principe, c'est la raison pour laquelle je vous ai invité ici.

Il s'attendait à un signe d'encouragement qui ne vint pas et poursuivit :

– Je ne sais pas jusqu'où il m'aurait roulé si je n'étais pas tombé par hasard sur une vieille connaissance, un chercheur d'épaves. Jacques, c'est son prénom, ne prit pas au sérieux cette histoire de trésor. Toutefois, l'idée de se promener sur le fond de la baie de Tramandé l'amusait, mais pour mettre à l'eau ses engins, il lui fallait une autorisation. Rien qu'une formalité, sauf quand il s'agit d'un périmètre interdit par la marine militaire, et ce n'était pas le cas. Pourtant l'autorisation nous fut refusée sous prétexte que toute la baie de Tramandé et les eaux comprises dans un rayon de cinq milles autour de l'île de Bom Abrigo avaient été récemment déclarées zone réservée à la recherche biomarine. Et, surprise, la requête avait été signée entre autres par le professeur Indio Fernandes Pessoa. Ce qui voulait dire que, malgré mes relations, je ne pouvais pas me passer de lui pour entreprendre quoi que ce soit sur ce domaine. C'était assez pour mettre de côté respect et amitié et lui foutre un peu la trouille. Mais, avisé par ses camarades, il s'éclipsa et, à vrai dire, je manquai de temps et même de l'envie de lui courir après. J'oubliai donc son existence jusqu'à il y a trois mois environ. Lorsqu'il refit surface ici, cette fois en version mi-clochard, mi-prêtre missionnaire, et commença à plonger à longueur de jour autour de l'île de Bom Abrigo.

« Trop, c'est trop. Je lui ai mis aux trousses un homme de confiance, histoire de savoir ce qu'il manigançait. Si je le veux, je ne manque pas de moyens pour savoir à quelle heure exacte les gens se couchent ou se réveillent à l'autre bout du monde. Cananéia, grâce à mon ex-ami

Indio, fait désormais partie de mon domaine. Vous voyez ce que je veux dire, monsieur. Bon, il se trouve que notre Indio, il me semble que vous étiez amis aussi, en même temps qu'il montre à qui veut bien la voir une carte bidon sur le fameux trésor, mène ses recherches sur la base d'une autre carte, ou presque. D'après mes informations, il s'agirait plutôt d'une esquisse sur papier oblitéré par la force navale de l'ancien Empire ottoman. J'ai fait faire des recherches supplémentaires et devinez un peu. Des Archives nationales d'Istanbul avait disparu, voyez la coïncidence, un document dont les références géographiques mènent tout droit à l'île du Meio. Je ne vous apprends rien en vous disant que c'est l'ancien nom de l'île de Cananéia.

Il consulta de nouveau sa montre et se leva, s'appuyant des paumes sur la table. Puis, voyant que je ne bougeais pas, il me fixa droit dans les yeux.

– Je suis désolé de vous décevoir, monsieur, mais Indio n'était pas celui que vous croyiez. À force de creuser dans les égouts du passé, il était devenu un fou fanatique. Il ne respectait plus personne, ni lui-même, car il haïssait la race blanche, qui était la sienne aussi.

Je ne bronchai pas. Il reprit alors avec une moue qui se voulait un sourire.

– Vous vous demandez si j'ai fait tuer Indio ?

– Oui.

Il regarda Fuligine et tous deux éclatèrent de rire.

– Vous m'excuserez, dit-il en se reprenant aussitôt. Je me serais volontiers offert ce plaisir. Mais, d'après mes informations, Indio vivait avec le syndrome de Klinefelter. Ce n'est pas un chromosome X en plus qui tue, au maximum, cela donne une petite queue. Mais avec l'âge, cette maladie génétique peut engendrer des complications fatales. Indio a tout simplement arrêté de respirer à cause d'une paralysie musculaire pendant la plongée. Écoutez-moi bien, monsieur, je ne vous le dois pas, mais cela ne me coûterait rien de faire exhumer le corps pour une autopsie. Et maintenant, si vous voulez bien…

– Et Preto da Ilha, lui aussi avait une petite queue ?

Fuligine fit claquer son verre, secouant sa masse bovine au-dessus de la table. Le Dr Almir stoppa sa charge du bout du doigt.

– Ne soyez pas imprudent, monsieur. Ce pauvre gars a eu un accident, c'est ce qui arrive lorsqu'on perd le respect dû à la mer. Elle tue.

Nous étions déjà dans l'aquarium. Le Dr Almir s'arrêta et, presque nez à nez avec une raie géante, il soupira :

– Il est évident qu'Indio et moi ne cherchions pas la même chose. Je sais que vous avez des idéaux, et si vous me faites confiance, vous pourrez poursuivre la mission que s'était proposée Indio. Quant à moi, si on arrive à cet or, je n'oublierai pas sa fille, la petite Taio.

Derrière nous, les yeux injectés de sang, Fuligine se grattait l'entrejambe.

Chapitre 18

La mort de Caniné en couches et le départ du *Shams Alghurub*, le séparant de sa patrie et de son cher ami l'amiral Hayreddin Barberousse, replongèrent Cosme Fernandes dans cet état d'ivresse qui avait été le propre de sa vie lusitanienne. Ingénieur naval d'un talent extraordinaire, il se voua corps et âme à l'accomplissement de son projet. Jusqu'à monter un chantier naval digne de ce nom. Excellant dans l'art de l'improvisation, il avait instruit ses adjudants carijós afin de pouvoir exploiter les ressources locales pour les transformer en matériaux aussi efficaces que ceux dont il aurait disposé sur sa terre natale.

Quand il ne travaillait pas sur son chantier, Cosme Fernandes s'attaquait au cordon littoral pour rejoindre Bom Abrigo. Cette île avait été la première apparition de cette Terre du Milieu qu'il avait tant ambitionnée. Il avait coutume de s'y rendre seul. Après s'être désaltéré à la source d'eau sur la petite plage, il montait tout en haut de la colline et restait là pendant des heures à contempler le large. À l'est, c'était l'Afrique. Cette terre infinie qui s'étend des deux côtés de l'équateur jusqu'à lécher les rivages de son pays natal. Il laissait son regard se perdre sur la ligne d'horizon. Parfois il lui semblait que la lumière plongeait dans l'eau et remontait en prenant la forme d'un voilier bercé par les alizés. Laisser au moins le regard rêver à un retour auquel lui-même ne croyait plus. Hayreddin Barberousse, son ami, était peut-être mort ou incarcéré par un sultan à qui il avait désobéi. Lorsque Vénus apparaissait solitaire dans la voûte céleste, lui rappelant l'insoutenable vide qui siégeait dans son esprit, il retournait à la mer. Ses coups de rame étaient alors aussi enragés que la détermination qui l'habitait.

Mais ses activités ne se limitaient pas à la construction navale. Lors de ses déplacements vers le continent, il explora les montagnes voisines aujourd'hui connues comme la chaîne de la Sierra do Mar. Il vouait une attention particulière à des recoins rocheux qui se distinguaient par une certaine tonalité de gris. Ses guides ne sautaient pas de joie à l'idée de trimballer un tas de pierres durant de longs jours de marche jusqu'au village. Où, heureux de décharger enfin leurs hottes sur le chantier, ils ne s'intéressaient pas à leur utilisation. Il fallut plusieurs expéditions à la Sierra do Mar avant de tomber sur des pierres assez riches en niobium – le nom moderne de ce composant du fer. Peu à peu, avec une forge qui fondait souvent avant même la pierre, Cosme Fernandes parvint à obtenir un métal assez rudimentaire mais presque aussi résistant que le fer.

Le fils que lui avait donné Caniné venait d'atteindre l'âge de cinq ans lorsqu'il fit réunir tout le monde devant la cabane du pajé. La façon dont les Carijós mesuraient le temps n'avait rien à voir avec le calendrier grégorien et ils n'avaient pas l'habitude de ce genre de célébration. Mais ce n'était pas pour un anniversaire que Cosme Fernandes avait en ce jour vêtu le petit garçon des ornements des grandes occasions. Il avait fait installer au milieu du groupe un bloc de granit, similaire à celui où le pajé saignait le premier gibier, sacralisant ainsi l'ouverture d'un festin.

Il est à supposer, précise ici Indio Fernandes Pessoa, que le pajé avait été mis au courant des intentions de Bacharel. Il n'aurait sinon pas permis un pareil simulacre.

Insensibles à la chaleur tapante de midi et aux douloureuses piqûres de la *motuca* – on était en pleine saison de reproduction de cette mouche infernale –, hommes et femmes de tous âges, y compris le grand Ariró, attendaient la suite des événements. Lorsque le soleil toucha au zénith, deux guerriers vinrent déposer sur la pierre brune une bête de bonne taille aux quatre pattes attachées. Il s'agissait de ce grand et savoureux rongeur aujourd'hui connu sous le nom de *paca*. Ce fut alors que Bacharel déroula le tissu qu'il tenait sous le bras pour en sortir un objet semblable à une de ces lames coupantes en os ou en obsidienne, si ce n'était sa couleur étrange et la grossièreté de la finition. Tout le monde s'agita sur place, mais personne n'osa commenter. Tenant l'objet à l'horizontale contre son front, Bacharel fit un tour complet sur lui avant de le remettre à son fils pour ensuite le guider jusqu'à la pierre où attendait le paca. Instruit par son père, le petit souleva l'outil à deux mains et d'un seul coup trancha net la gorge de l'animal. Bacharel récupéra alors le poignard et frappa plusieurs fois la pierre avec le côté aiguisé. Là où on pensait voir voler des éclats d'obsidienne ou d'os, à chaque coup porté l'étrange arme lançait des étincelles. La communauté n'avait pas encore oublié le mystère du grondement de tonnerre dans un ciel serein. Cet autre prodige ne pouvait qu'être l'œuvre de l'entité que cet homme venu de nulle part cachait dans les cheveux resplendissants qui lui couvraient la figure. La surprise mélangée à l'incompréhension engendra à la fois respect et méfiance. Pendant que les jeunes guerriers s'approchaient, curieux, d'autres, les yeux rivés au ciel, reculaient. Cosme Fernandes rejoignit Ariró, à qui il remit avec déférence la première arme en métal fabriquée intégralement sur place.

Bacharel s'employa ensuite à perfectionner sa technique jusqu'à obtenir un métal de plus en plus compact et léger. Ces rochers étaient assez riches en niobium. Néanmoins, pour remplacer l'ancien armement de quelques centaines de guerriers, les allers-retours à la Sierra do Mar prirent plus d'une année. Depuis son atelier au pied du mont São João, les coups de marteau retentissaient jour et nuit à travers les mangroves jusqu'au village. L'odeur aigre du métal fondu stagnait dans les parages, révoltant l'estomac et la patience des chasseurs qui devaient se rendre de plus en plus loin pour trouver du gibier. Ariró, qui soutenait les travaux, avait fait placer des sentinelles tout autour de l'atelier pour empêcher quiconque d'approcher. Il ne craignait pas seulement un coup de force du pajé mais aussi les espions de tribus voisines.

Pendant que ses ouvriers forgeaient des pointes de flèches et des lances en quantité, Bacharel entraînait à l'art de la guerre un groupe de vaillants guerriers spécialement choisis par Ariró. Il les formait à la technique de la lutte rapprochée et d'autres tactiques qu'il avait apprises tout jeune à l'école de guerre impériale. Il aurait aimé les initier au combat à l'épée, mais la qualité du métal dont il disposait n'était pas assez bonne pour assurer la résistance d'une arme dépassant la taille d'un couteau.

Au cours de ces entraînements, il donnait la priorité à l'apprentissage de techniques d'embuscades suivies de retraites rapides. Il fallait tout miser sur le facteur surprise pour repousser un assaut venu de la mer. À défaut de chevaux et d'armes à feu, il était fondamental d'attirer l'ennemi sur un terrain où ses moyens étaient inadaptés et d'attaquer. Provoquant un maximum de pertes avant qu'il puisse réagir. La forêt et les mangroves étaient les alliés idéaux.

La possibilité que tôt ou tard une flotte apparaisse à l'horizon était un espoir et un souci en même temps. Quelle meilleure revanche pour Bacharel que de pouvoir montrer aux empires du Vieux Monde que ses prévisions sur l'existence d'une Terre du Milieu s'étaient révélées exactes. Sa science et ses sacrifices seraient enfin reconnus et appréciés à leur juste valeur. Les nouveaux arrivés auraient été accueillis par un peuple pacifié et ils auraient trouvé sur place une précieuse infrastructure. Mais les événements pouvaient aussi bien prendre une autre tournure. Exception faite de l'Empire ottoman, qui avait toujours offert asile aux juifs et aux Arabes, quelle autre puissance capable d'une expédition pareille aurait cédé les lauriers de la découverte à un « marrane », et déloyal par-dessus le marché ? Il fallait être prêt pour parer à toute éventualité.

Assis sur un rocher, Bacharel observait ses hommes perfectionner une technique de corps-à-corps. En plus d'une habileté exceptionnelle, les jeunes Carijós apprenaient vite. Il céda alors au besoin de savoir quelle place il occupait dans tout cela. Il regarda la mer puis l'épaisse forêt qui l'encadrait. Loin sur le continent, les montagnes gris-vert se détachant contre un ciel laiteux. Il imagina soudain qu'il y avait quelque chose dans ce monde qui lui avait été toujours intime.

Escorté en permanence par les courageux guerriers carijós, Bacharel testait l'agilité et la résistance de ses embarcations en explorant la vaste baie labyrinthique de Tramandé, avec ses nombreuses îles. Bientôt, il s'aventura en mer ouverte. Toujours plus loin, longeant la côte jusqu'aux limites des territoires contrôlés par les Carijós. Ce fut au cours de l'une de ces expéditions qu'il débarqua avec une centaine d'Indiens dans l'île de Gohayó[1], à trois cents kilomètres au nord de Cananéia. Bien que les Tupiniquins qui dominaient cette région fussent des alliés des Carijós, la présence d'un étranger barbu entouré par un contingent de guerriers armés irrita leur chef Piquerobí. Après l'affolement initial, une altercation semblait conduire à un inévitable affrontement. Mais la clameur s'éteignit et chacun s'assit jambes croisées à même le sol. Une file de jeunes filles, silencieuses, se faufila entre les hommes, distribuant des gobelets de manioc fermenté. Après avoir fait cul sec, le chef Piquerobí leva un bras, ouvrant ainsi la séance des négociations.

Bacharel maîtrisait maintenant le guarani. Mais cette langue prenait des intonations différentes selon les régions et le lieu d'origine des tribus. Il n'arrivait pas toujours à suivre leurs interminables pourparlers. Il capta tout de même que la question la plus épineuse tournait autour d'une remise d'un lot de femmes en échange de la vie de l'homme aux cheveux dans la figure. Il ne sut jamais ce que ses guerriers s'engagèrent à troquer avec leurs hôtes. Il n'est pas à exclure qu'une allusion aux formidables armes qu'ils transportaient fut assez pour amadouer les esprits les plus combatifs. Toujours est-il qu'ils eurent la permission de rester dans le village le temps qui leur était nécessaire.

1. Actuel São Vicente.

Les jours suivants, naviguant autour de l'île de Gohayó, Bacharel et ses hommes montrèrent l'agilité et la résistance de leurs embarcations au chef Piquerobí. Au moment d'aborder la mer ouverte, pour explorer la baie où se trouve aujourd'hui le gigantesque port de Santos, le temps ne promettait rien de bon. Le vent du sud gagnait en force, les vagues étaient assez hautes pour décourager la sortie de pirogues ordinaires. Cela n'empêcha pas les Carijós de mettre cap au large et de chevaucher la houle sous les regards ébahis des Tupiniquins qui les accompagnaient.

La configuration de la côte qui s'ouvrait en demi-cercle sur une baie d'une grandeur extraordinaire ne pouvait qu'éveiller l'intérêt d'un ingénieur naval tel que Bacharel. Il avait vite remarqué que le grand canal, qui depuis la mer intérieure avait creusé les rochers, ouvrant son estuaire jusqu'à l'océan, pouvait être un magnifique port naturel.

Bacharel consacra l'année suivante à explorer la région en long et en large. Coincée entre l'océan à l'est et une chaîne montagneuse escarpée à l'ouest, dont la crête se perdait dans les nuages, l'île de Gohayó, avec ses alentours marécageux, était le lieu idéal pour résister à une éventuelle attaque. Cananéia avait sans doute ses avantages. Les soixante-dix kilomètres de l'île sablonneuse qui s'étendait juste en face[1] étaient une barrière formidable pour cacher toute activité aux navigants du large. Mais le redoutable cordon littoral ne facilitait pas la manœuvre pour en faire un port d'envergure. Et puis il y avait la distance. Selon ses calculs, Gohayó se trouvait à peu près à deux cents milles au nord. C'est-à-dire beaucoup plus proche des côtes africaines, et par

1. Actuelle île Comprida.

une route qui réduisait les dangers d'une navigation prolongée contre ces vents du sud qui avaient mis à dure épreuve le pourtant puissant navire de l'amiral Hayreddin Barberousse.

Il n'osait pas l'admettre, mais le rêve intime de Bacharel était de recevoir ici un roi chrétien d'égal à égal. Cananéia était la clef de son royaume, Gohayó allait être la porte d'entrée de la Terre du Milieu.

Un après-midi de l'année 1500, une grande clameur arracha Bacharel à sa sieste. Après avoir alerté ses hommes, il prit aussitôt le chemin de la plage. À la hauteur de l'île Gonzaguinha, il trouva une foule de Tupiniquins affolés, avisant le large. Les nuages bas ne laissaient pas deviner ce qu'il en était. D'après les cris des Indiens, il s'agissait d'un poisson monstrueux à la crête blanche. Une jeune Indienne s'approcha de Bacharel pour lui souffler que ce poisson était déjà apparu l'hiver dernier. Bacharel pensait aux jets d'eau d'une baleine lorsque la brume se dissipa et que les voiles dépliées d'une caravelle se détachèrent sur la ligne d'horizon. Les guerriers carijós, qui savaient ce qu'était un navire, se groupèrent précipitamment autour de leur maître. Provoquant ainsi l'hilarité de leurs hôtes, toujours convaincus qu'un poisson, même effroyable, ne pourrait pas les atteindre sur terre.

Ce même jour, Bacharel Cosme Fernandes décida qu'il était temps de fortifier les lieux. Ce que les Indiens nommeraient ensuite la Casa de Pedra fut érigée face à cette plage où avait été repérée la caravelle d'Amerigo Vespucci.

Bâtir cette forteresse ne fut pas une tâche facile. Malgré la participation des Carijós, habitués aux étrangetés du maître, les Tupiniquins n'arrivaient pas à comprendre la nécessité de se donner tant de mal pour construire une maison aussi lourde et insalubre. Ils se refusaient à travailler pour quoi que ce soit dont l'utilité n'était pas manifeste. Il fallut à Bacharel tout son savoir-faire et une grande perte de temps pour faire comprendre aux indigènes que leurs ennemis les plus effroyables viendraient désormais par la mer, dans le ventre de ces poissons monstrueux, et qu'ils avaient des armes capables de pulvériser leurs cabanes. Mais ce fut seulement après consultation avec son pair Ariró que le chef Piquerobí se décida à suivre les orientations de Bacharel.

Les indigènes ne faisaient rien qui ne leur soit immédiatement nécessaire, aussi, pour arriver à les enrôler dans une armée et repousser des fantômes, Bacharel ne recula devant aucun moyen, y compris le complot. Se servant à l'extrême de la complicité de ses guerriers carijós, il inventa d'abord une flotte de ces poissons monstrueux qui auraient longé la côte vers l'actuel São Sebastião, à une centaine de milles au nord. Face au scepticisme des Tupiniquins, lui et ses hommes organisèrent alors une provocation contre une tribu des plaines qui s'était déjà montrée agressive par le passé. Les dégâts de cette manœuvre seront incalculables pour l'unité future de la nation, lorsque Bacharel ne sera plus là pour négocier la colonisation avec les Portugais. Entre-temps, cette guerre avec la tribu voisine lui permit de matérialiser un danger inexistant et prouver aux Tupiniquins l'efficacité de ses tactiques de guerre. Sans compter les centaines de prisonniers qui allaient entrer dans sa « civilisation » à travers la pratique des travaux forcés.

On ne saura jamais si Bacharel fut conscient de l'ignominie de ses actes qui salissaient son nouveau monde, recourant au même genre de bassesses que celles qui l'avaient forcé à l'exil. Toujours est-il qu'à son retour à Cananéia, il put se dire avec raison qu'il venait de réaliser son deuxième grand rêve. Cosme Fernandes avait démontré que, en plus d'être un homme de science, il était aussi un stratège militaire.

Chapitre 19

Il était 10 heures quand des coups de klaxon insistants m'arrachèrent des draps moites. J'avais passé une moitié de la nuit à lire le manuscrit d'Indio et l'autre à essayer d'en effacer les images. Le soleil aveuglant embrasait la rue, un orage était proche. Capot levé, Baiano déchargeait ses bagages sur le trottoir. Il me fit signe de venir l'aider. J'empoignai un grand sac-poubelle noir et le ramenai dans la maison en le traînant derrière moi.

– Dans la cuisine ! cria-t-il, me suivant avec un énorme chaudron en terre cuite en équilibre sur sa tête.

Il le posa avec précaution sur la table et jeta un coup d'œil tout autour. La cuisine était telle qu'il l'avait laissée.

– Je vois, dit-il en riant. Que des sandwiches au bistrot, toi, mais tu vas voir ce qu'est la bonne bouffe, mon pote. Tu sais ce que tu viens d'apporter ? Non ? Eh ben ouvre le sac.

Plus pour le satisfaire que par curiosité, j'ôtai la ficelle et reculai d'un bond. Sur un amas de viande sanglante, il y avait une tête de chèvre avec ses cornes.

– Pas une chèvre, ducon, c'est un bouc, s'exclama-t-il en se tordant de rire. Pas de ceux de ma terre, qui se nourrissent avec les fruits de l'umbu en période de sécheresse, mais un capron tout de même. Tu vas te lécher la moustache. Pendant que la viande marinera jusqu'à demain, nous allons préparer avec les entrailles une *bouchada* pour le dîner. Qu'est-ce que t'as, t'as pris la fièvre jaune ?

J'avais envie d'un bain et d'un café. Depuis la salle de bains, j'entendais les coups de ses couteaux de boucher. Il était midi quand je rentrai avec les journaux à la main. La cuisine ressemblait à un abattoir d'avant l'ère de la mécanisation. Baiano avait du sang jusque dans les cheveux. Il avait ouvert portes et fenêtres et les mouches se repaissaient paisiblement sur toute surface disponible. Il suivit mon regard écœuré et me tourna dédaigneusement le dos.

– Tu n'en voudrais pas à ces pauvres mouches, par hasard ? Comment allons-nous faire le *moscatel* sans elles ?

– Le moscatel ?

– Ben oui, c'est avec les mouches que nous faisons la sauce pour accompagner le bouc.

Il me laissa en proie au dégoût avant d'éclater de rire. Je lui conseillai que nous allions nous en jeter une.

Baiano opta pour une table isolée au bord de l'eau au lieu du bistrot bondé. Il avait des nouvelles et ne voulait pas les partager avec la faune de chez Miguel. Le soleil tapait de plus en plus mais déjà de petits nuages blancs se précipitaient vers le nord, comme des moutons ayant perçu l'imminente attaque des loups. La serveuse nous conseilla de prendre place à l'intérieur, mais Baiano ne l'écouta même pas, tant il était absorbé par ses mots.

De chercheurs en chercheurs, à São Paulo, il avait fini par tomber sur un fonctionnaire du consulat général britannique, ce qui correspond souvent à un espion, qui s'était intéressé de près à ce fameux Inglês, venu lui aussi à Cananéia pour la chasse au trésor. Selon ce diplomate, les autorités de son pays s'étaient penchées sur ce citoyen parce que la carte en sa possession était bel et bien celle volée au Archives d'Outre-mer de Lisbonne. Ils avaient depuis perdu la trace de la carte, mais ils avaient eu vent qu'une certaine Vania y avait eu accès. Cette femme, une anthropologue, était une citoyenne roumaine, ce qui ne facilitait pas l'enquête pour suivre la piste de cette carte volée. Sans compter que, après tout, c'était une question qui regardait les autorités portugaises.

– Ce n'est pas tout, poursuivit Baiano, après avoir attendu une manifestation de surprise de ma part. J'ai aussi appris de source sûre que le capitaine Bow Legged n'avait même pas eu le temps de voir la couleur de cet or. Son *Havelock* fit naufrage juste avant de pouvoir le repêcher, quelque part sur l'île de Bom Abrigo.

Quoi qu'il arrive, à Cananéia le canal ne bouge pas de son lit boueux. La dispute entre les cormorans vigua, les mouettes et les tyranniques frégates au-dessus d'un banc de poissons ne le trouble en rien. Au bout d'un moment, j'avais décroché des paroles de Baiano. Je cherchais à m'abstraire de tout ce bazar en laissant planer mon regard vide sur la surface de l'eau. En réalité, je me fichais qu'on retrouve l'or ou non. Le seul intérêt que je lui portais, c'était qu'il puisse m'aider à y voir clair sur les faits actuels.

Je n'aurais pas dit que le Dr Almir avait menti sur toute la ligne, mais il était raisonnable de penser qu'il avait arrangé la vérité selon ses propres exigences. Le rôle de Fuligine là-dedans n'était toujours pas clair. Avait-il une mission précise ou, au courant de l'animosité qu'il me portait, le Dr Almir l'avait-il engagé juste pour me tenir à distance ? Si c'était le cas, ils s'étaient fourvoyés car il m'avait suffi de revoir sa gueule de vache pour ranimer mon envie de vengeance.

Tout en m'efforçant de mettre de côté mes déductions, je fis un résumé de ma visite à la maison de l'Arabe.

À la fin de mon récit, Baiano leva la tête. Une goutte d'eau venait de tomber sur son nez. Il scruta le ciel, laissant son doigt glisser sur le bord du verre comme pour lui arracher un chuintement de cristal. Sa barbiche pointue était fouettée par les premières rafales. Il revint d'un coup sur terre.

– Donc cette carte que nous a refilée Paquica, en plus d'être inutile, n'était pas celle qui intéressait Indio. Ai-je bien compris ?

J'acquiesçai. Il gloussa.

– Pas mal, l'un accro aux richesses du diable et l'autre un maniaque pervers. Deux malades dans la même affaire, ça donne quoi à ton avis ?

Sa question n'appelait pas de réponse. Je venais de relier un autre élément, la pêche, et je lui rappelai les propos d'Alicio. Il avait bien dit que l'interdiction de cette ressource caiçara faisait partie d'un plan visant la création d'une flotte industrielle dont l'Arabe aurait le monopole. Et notre ami le poissonnier n'était pas du genre à se laisser aller à des conjectures. Baiano acquiesça d'un signe de tête. Mais il me fit aussitôt remarquer que pour un entrepreneur aussi mégalomane que le Dr Almir, un intérêt n'excluait pas l'autre. Bien au contraire, les deux pouvaient être complémentaires.

– La baie comme les eaux autour de l'île ne sont pas bien profondes et, s'il croit toujours que l'or s'y trouve submergé, il devra préserver ce périmètre contre toute possibilité d'interférence, conclut-il.

C'était raisonnable. Ce qui me manquait, c'était le pas suivant. Le Dr Almir avait sans doute programmé le sien bien avant de me débiter sa version et maintenant, il nous attendait au prochain tournant.

– Il est l'heure d'aller torcher un peu notre Paquica, dit Baiano en prenant verre et bouteille, avant de se catapulter à l'intérieur du bar sous la pluie cinglante.

Il était 11 heures lorsque Rosario tira son hors-bord sur la plage de l'île de Bom Abrigo. Le temps était maussade, ce qui convenait bien à toutes sortes d'insectes assoiffés de sang. Nous avions oublié l'anti-moustique, ce qui n'aurait pas empêché le festin de la redoutable mouche motuca. Tout en attachant son bateau à un tronc d'arbre rejeté sur le rivage, Rosario nous regardait d'un air inquiet pendant que, tongs à la main, nous nous approchions du taudis de Paquica.

Cet homme, malgré les débauches des derniers temps, n'avait pas encore épuisé le respect populaire qu'il avait gagné dans le passé pour sa vaillance et sa générosité. Les excès avaient depuis miné son corps et son esprit. Il se montrait souvent arrogant et, toujours en quête d'argent, il lui arrivait aussi de rouler ses propres amis. Mais sa vitalité et un instinct peu commun lui permettaient de garder sa place et, à l'occasion, d'en tirer profit.

Il dormait le dos contre sa couchette et les pieds sur une cuisinière à gaz. De sa bouche ouverte coulait un filet de salive brunâtre. L'air était saturé d'une odeur douceâtre et acide en même temps. À côté de lui, sur le sol crasseux, Baiano shoota dans une canette de bière percée de petits trous au milieu.

– Ce con vient de fumer du crack, dit-il.

Il l'appela, le secoua, lui tira les poils des jambes. Aucune réaction, Paquica était comme évanoui.

– Il a bu et fumé tout son soûl, ce connard, souffla-t-il entre ses dents.

Je demandai s'il fallait l'amener à l'hôpital, mais il me répondit par une moue féroce. Puis il s'accroupit comme pour chercher quelque chose par terre. Il se releva en tenant entre ses doigts une sorte de grain de gros sel. Il ramassa ensuite la canette, posa le grain sur le petit trou, fit claquer le briquet et rapprocha la canette de la bouche de Paquica. Au bout d'un instant, celui-ci remua la tête, ouvrit et referma plusieurs fois les yeux, puis se redressa d'un bond et aspira avidement la fumée puante jusqu'à ce que son sang lui remonte aux oreilles en provoquant une quinte de toux. Quand il voulut empoigner la canette, Baiano recula et fit voler le tout à travers la porte.

Les yeux injectés de sang, Paquica sauta sur ses pieds avec l'agilité d'un chat surpris dans son sommeil. Un couteau surgit dans sa main, il avançait sur nous avec une envie folle de nous étriper. Je reculai d'un pas pour attraper une pelle derrière la porte, Baiano me retint par le bras. Le couteau tendu à moins d'un mètre de nos poitrines et la bouche édentée tordue par la haine, Paquica s'arrêta net. L'impassibilité de Baiano m'avait toujours tapé sur les nerfs mais elle ne produisait pas le même effet chez Paquica. Sa respiration redevint régulière, puis il jeta le couteau sur sa couchette.

– Mais tu es fou, mec ! s'écria-t-il, remuant vivement la tête comme pour retrouver le sens de la réalité. Tu te pointes chez moi, comme ça, j'aurais pu te tuer, toi et ton gringo, merde. Foutez le camp d'ici avant que je me fâche pour de vrai !

Pendant que je ne perdais pas de vue la pelle, Baiano se marrait tout doucement. Quand l'autre regagna sa couchette, il tira une flasque de sa poche arrière et la lui lança. Il attendit que Paquica s'octroie deux bonnes rasades, puis sortit de sa sacoche la carte toute chiffonnée et la lui lança aussi.

– Elle est tout à toi mon pote. Nous sommes réglo, pas vrai, pas besoin de nous accueillir comme ça. Je ne te reconnais plus, diable, où est-il, l'homme ?

À ces mots, Paquica pâlit. Il posa la flasque de cataia puis leva vers nous un regard désespéré. Il essuya une larme du dos de sa main décharnée.

– L'homme est toujours ici, du moins ce qu'il en reste. Pardonnez-moi, les amis. Je suis dans une mauvaise passe. Un tas de merde qui me tombe dessus en même temps. Faut comprendre.

Baiano alla s'asseoir à côté de lui. Posa sa main sur son épaule.

– Qu'est-ce qu'on peut faire pour toi, en plus de remplir à nouveau cette putain de flasque ? Vas-y, ce n'est pas le moment de jouer au con, t'as trop tiré sur la corde et maintenant il n'en reste plus qu'un fil.

Nous entendîmes le pas de Rosario s'éloigner de la cabane. Bouche bée, Paquica fixait Baiano. Il y avait dans son regard un mélange de méfiance et d'espoir.

– Tu t'es mis dans un sale pétrin, c'est clair, et nous deux savons de quoi il s'agit. On est d'accord ? poursuivit Baiano. Bien, mais il faut que tu comprennes que le problème ici n'est pas avec moi ni avec lui. Nous savons que tu n'es pas un salaud. Mais ces gens-là, comment vas-tu t'en sortir tout seul avec eux ?

Sous sa poitrine noueuse, Paquica respirait à petits coups, son teint était devenu gris perle. Mes yeux passaient de l'un à l'autre comme si je venais d'ouvrir une porte dérobée. Je me demandais ce que Baiano avait en tête, de quel pétrin il parlait et pourquoi tout à coup Paquica se réfugiait dans ses bras comme un petit agneau perdu. Avec lui, on ne savait jamais à quoi s'en tenir. Je cherchais son regard pour comprendre mais il me le refusait.

Paquica se tortillait. Il aurait voulu se lever mais le bras qui entourait ses épaules l'obligeait à rester en place. Finalement, dans un excès de désespoir, il bondit contre la paroi d'en face. Dos au mur, il nous fixait, paralysé comme une bête acculée. Baiano fit un mouvement pour s'approcher mais il le tint à distance de son bras tendu. Ses lèvres bougeaient mais aucun son ne sortait de sa bouche. Baiano recula d'un pas, lui laissant l'espace et le temps nécessaires pour se ressaisir. Il arriva enfin à articuler des mots compréhensibles.

– Putain, les mecs, qu'est-ce que vous me voulez tous, c'est pas de ma faute, j'ai rien fait, moi !

Baiano l'encouragea à continuer et, de sa main cachée dans le dos, il me fit signe de rester tranquille. Paquica se laissa glisser contre le mur jusqu'à s'affaisser sur le sol.

– Comment j'allais imaginer une chose pareille, merde. Ces gens-là, ce sont des fous furieux. Tu te rends compte, ils ont fait ça sous mes yeux, putain de merde ! Et lui aussi, à quoi bon se faire massacrer comme ça, il aurait pu leur donner cette putain de carte tout de suite, non ? Non, il aime ça, faire le dur et voilà le résultat. Mais comment êtes-vous au courant de ça, on en parle déjà en ville ?

– Pas encore, mais il serait bon de jouer franc jeu parce que si ce n'est pas eux, ce sera la police qui va te tomber dessus. Il y a un agent fédéral qui rôde dans les parages, tu dois le savoir. Alors magne-toi, et on verra ce qu'on peut faire. Les détails sont importants.

Paquica se mordait l'intérieur des lèvres. Il récupéra la flasque sur le lit et se rassit. Je n'en revenais pas, Baiano aurait pu faire un sacré flic.

– J'ai une fille, moi, elle est malade, son traitement est diablement cher et la sécu ne couvre pas tout. J'ai fini par m'endetter avec ceux d'Acaraú. Le trafic, quoi. Comme je ne pouvais pas rembourser, ils voulaient me faire la peau. C'était quand Indio a débarqué à nouveau dans le coin. Je me suis proposé de l'aider dans ses recherches et, en échange, il paierait mes dettes. Tu parles, Indio, c'était un radin, ce qu'il me donnait ne couvrait même pas les intérêts. Un jour où Indio était en mer avec Preto, ce salopard russe tatoué s'est pointé ici. Il m'a dit que le Dr Almir avait acquitté ma dette et que dorénavant, mon créditeur, c'était lui. Il m'a chatouillé la gorge avec son couteau. Mon taf, c'était de suivre pas à pas tout mouvement d'Indio et de tout lui rapporter, sans rien oublier. Je n'avais pas le choix, tu comprends.

– Je comprends, continue.

– Eh ben rien – il vida la flasque. Le jour où Indio s'est noyé, Preto était dans la panique. Il pleurait. Il a laissé ici un sac avec les affaires d'Indio et a mis le cap en toute hâte sur l'île de Cardoso. Moi ici, je représente l'autorité, c'est mon devoir de m'enquérir de tout ce qui se passe dans l'île. Vous comprenez.

– Fort bien. Vas-y.

– J'ai ouvert le sac. Vous comprenez, il pouvait y avoir des choses préjudiciables. Quand j'ai trouvé cette putain de carte, loin d'imaginer que j'allais tomber dans un foutoir bien pire, je me suis dit que mes ennuis étaient terminés. J'ai appelé le Russe, je lui ai dit que j'avais la carte, et que je la remettrais moi même au Dr Almir. Le soir, le yacht de l'Arabe a accosté ici, mais… Ben voilà, je suis monté à bord sur mes pieds et j'en suis redescendu à quatre pattes avec cette putain de carte dans la bouche. Ce n'était pas la bonne, c'est ce qu'il a dit. Il en voulait une autre, et avant de les convaincre que j'en savais rien, ils m'ont bien massé les côtes.

Paquica secoua la flasque vide, ses yeux réduits à deux fentes imploraient pitié. Nous avions laissé une bouteille pleine dans le bateau, je fis mine d'aller la chercher mais Baiano me retint d'un regard ferme.

– Ils voulaient parler avec Preto, reprit-il d'une voix de plus en plus hésitante. Ils lui auraient donné de l'argent en échange d'informations, mais il fallait que la rencontre soit discrète. Chez lui, au Carijó, il y a toujours des mômes qui traînent autour. Ils m'ont ordonné de le faire venir ici sous un prétexte quelconque. Ils ont dit que si Preto ne faisait pas le con, tout le monde allait y gagner. Ils m'ont laissé un portable pour les appeler.

Les yeux enflés de larmes, il commença à nouveau à se tordre sur place, cherchant une issue à son tourment. Son regard nous implorait.

Affichant une insensibilité que je ne lui connaissais pas, Baiano l'incita sans ménagement à continuer.

– C'est arrivé le lendemain, le soir. Je croyais qu'il ne viendrait pas, la mer n'était pas bonne et son bateau trop léger. Mais à la tombée du jour, Preto s'est pointé comme un fantôme devant la porte. Il s'attendait à quelque chose et avait amarré entre les rochers côté sud. Je n'ai même pas eu le temps de réaliser quand, venant du large, le yacht de l'Arabe a foncé à toute vitesse vers la plage. Preto s'est enfui sur le chemin du phare, sans doute pour rejoindre son bateau de l'autre côté. Mais le Russe et les autres étaient déjà aux aguets dans la broussaille. Ils avaient dû débarquer dans la journée à mon insu.

– À ton insu ? Je doute qu'en dehors de Preto quelqu'un puisse débarquer ici à ton insu.

– Je te jure, mec. En plus du téléphone, ils m'avaient donné une bouteille de whisky et… quelques pierres aussi. J'ai capoté.

– Je vois. Continue.

– Après, ç'a été l'enfer. Quand le Russe et deux autres types l'ont traîné jusqu'ici, il était déjà bien amoché. Preto, ce n'était pas le genre à se laisser faire. Ils lui ont attaché les mains et les pieds, puis un gros lard aux yeux de vache qui était dans le yacht a commencé à l'interroger. Je le suppliais de parler mais Preto ne m'écoutait pas, il les envoyait chier et moi avec. Alors le gros lard s'est agenouillé sur son dos et lui a cassé les doigts un par un. Jusqu'au moment où, presque inconscient, Preto a lâché le morceau. La carte qu'ils voulaient était collée sous le siège de son hors-bord. Après quoi, dans un sursaut, Preto a levé la tête pour regarder en face le gros lard et, entre des postillons de sang, il lui a dit que la mer, ce n'était pas un pâturage pour les vaches. Je n'ai pas compris ce qu'il voulait dire, mais je suis certain qu'il se marrait. Je le connais, il se moquait d'eux. Tu comprends, mec, il se marrait et il mourait !

Paquica tomba à genoux. Il continuait à parler, mais les sanglots lui faisaient ravaler les mots. Puis il se mit à trembler de tout son corps. Baiano me fit signe d'aller chercher la bouteille.

Rosario était assis sur un rocher à côté de la source. Quand je redescendis de son bateau avec la bouteille, il vint à ma rencontre. Les sillons creusés par le soleil et le sel sur son visage tournaient au mauve. Il posa son regard sur moi, avant de souffler ces mots :

– Ne lui faites pas de mal, s'il te plaît. Il a déjà assez souffert comme ça.

Je le rassurai maladroitement et m'éloignai la tête basse.

Baiano et Paquica étaient assis côte à côte sur la couchette. Il semblait plus calme. Je fis sauter le bouchon. Baiano saisit la bouteille et, avant de la lui passer, s'enfila une rasade.

Le clapotis de la mer sur la plage scandait les minutes qui s'écoulaient dans un silence trop plein de questions. Le regard mouillé, Paquica me tendit la bouteille. Dans ses yeux, c'était moi le méchant de la situation, il fallait apaiser la froideur du gringo. Il me faisait de la peine. Je ne demandais qu'à le laisser tranquille et rentrer à la maison en toute hâte. Mais, maintenant, rien ni personne n'aurait sorti Baiano de cette affaire. Cananéia, c'était son petit paradis, on ne souille pas impunément le paradis d'un fils du sertão. Sans l'intention de l'inquiéter davantage, j'écartai sa bouteille d'un geste brusque. J'avais dans le passé goûté à l'effroi d'une amnésie après avoir descendu quelques doses de cette cataia. Maintenant, sa seule odeur me soulevait l'estomac. Une expression interrogative anima les traits durcis de Baiano. Soudain, je fus certain qu'on venait de se poser la même question. L'appréhension de Paquica envers moi pouvait nous être profitable. J'allai m'accroupir face à lui.

– Juste une chose, la photo de Taio, qu'est-ce qu'elle fout dans ta boîte ?

En entendant le non de Taio, Paquica se replia sur lui-même comme si le diable en personne allait se pointer d'ici peu. Baiano l'aida à descendre un coup, tout en me faisant signe d'insister.

– Je t'écoute, fis-je, surpris par ma propre dureté.

J'attendis que Paquica en finisse avec ses tortillements. Finalement, il parvint à parler malgré son épouvante.

– Ici, grogna-t-il, tapant de sa main sur la couchette. Je l'ai trouvée sur mon lit, le lendemain. Je ne savais pas qui c'était, une Indienne avec d'autres Indiens armés de flèches. Une plaisanterie à la con, c'est ce que je me suis dit. Mais ce n'était pas ça. Depuis que j'ai trouvé cette photo, je ne dors plus. Je la cache partout mais elle revient toujours sur mon lit, elle me regarde d'un air menaçant, elle veut ma peau. Et puis voilà la gamine enceinte qui s'amène – il essaya de se lever mais Baiano le retint de force. Elle veut sa photo, me traite de voleur, mais je ne veux que ça, moi, m'en défaire de cette photo. Mais je la cherche partout et je ne la trouve plus. Alors elle me maudit et s'en va. Mais, dès qu'elle a disparu, voilà que la putain de photo réapparaît sur mon lit. Et elle revient, mille fois par jour, la nuit aussi, elle est là. Je ne la vois pas mais je sais qu'elle rôde autour. Dès que je ferme les yeux, je la vois. Elle, son ventre et puis Preto aussi, avec la bave à la bouche. Il faut me croire, il y a des choses qui se passent ici depuis tout ça. Le ciel prend feu. J'ai vu des caïmans tomber des arbres. Hier matin, je sors et je me retrouve face à un poteau de torture, comme ceux des films de western. Il était planté juste là, devant ma porte. Je vous jure, c'est la vérité.

– Il dit vrai, fit une voix.

Sans le moindre bruit, Taio était apparue sur le seuil. Les mains croisées sur son ventre rond, le sourire rayonnant.

Chapitre 20

Huit ans s'étaient écoulés depuis le débarquement de Cosme Fernandes en Terre du Milieu. Infatigable, il avait durant ce temps monté un chantier naval à Cananéia, fortifié en partie l'île de Gohayó et pouvait compter sur une armée de plusieurs milliers de guerriers recrutés parmi les différentes tribus de la côte alliées aux Carijós. Il avait partagé le plaisir de l'amour avec des femmes qui lui avaient donné des enfants, notamment la fille du chef Piquerobí. Mais son cœur allait toujours à la défunte Caniné et c'est seulement au milieu des Carijós qu'il retrouvait la sérénité nécessaire pour continuer à vivre et à espérer.

Élevé dans les besognes de la guerre et de la chasse selon les coutumes indiennes, son premier fils prétendait déjà le suivre lors de ses expéditions. C'était un beau garçon aux yeux noirs, un visage de rêveur où la douceur de Caniné se mélangeait à la détermination de Bacharel. Parfois il acceptait que le petit l'accompagne sur des chemins qui souvent ne menaient nulle part. Ils campaient alors la nuit sur une île déserte ou dans une vallée gelée de la Sierra do Mar. À la lumière du feu, l'ouïe tendue vers les rugissements des jaguars, il observait son fils dormir jusqu'à ce que la belle Caniné se matérialise dans la lueur des lucioles. Au bord des larmes, il lui arrivait d'en vouloir au petit dont la naissance avait été la cause de la mort de sa mère. Puis, avant de s'enrouler dans sa couverture, il se maudissait pour son incapacité d'aimer.

C'était dans le courant de l'année 1502. Bacharel, son fils et une vingtaine de chasseurs carijós débarquèrent sur l'île voisine de Cardoso pour une partie de chasse au jaguar. Bon nageur, ce félin s'aventurait dans la baie de Tramandé pour faire irruption dans les îles où le gibier se reproduisait en quantité. L'île de Cardoso était la plus grande de toutes et sa proximité avec le village faisait d'elle la réserve de chasse des Carijós. Ces derniers s'employaient une fois par an à abattre un certain nombre de jaguars pour rétablir l'équilibre entre chasseur et gibier. Épuisés par une nuit et un jour de poursuites, ils avaient décidé de camper non loin de la plage pour reprendre la mer le lendemain de bonne heure.

Aux premières lueurs du jour, le feu n'était plus qu'un filet de fumée. Le bivouac encore en sommeil. Plusieurs bêtes pendaient des branches d'un jacaranda, prêtes à être écorchées ; les Carijós se contentaient d'en retirer la peau, le reste allait aux urubus. Soudain, le petit garçon fit irruption dans le campement en criant. Tout le monde se redressa, armes à la main. L'enfant était si excité qu'il n'arrivait pas à s'expliquer. Il indiquait la mer, faisait de grands gestes des bras, il poussait son père. Les hommes se ruèrent sur le chemin menant à la côte, là où, de toute évidence, le gamin avait vu quelque chose d'épouvantable.

Ils rejoignirent la plage à la hauteur de la ponta do Perigo, bien nommée « pointe du danger », où les eaux de l'océan rencontrent la mer intérieure, formant des courants imprévisibles. Juste en face, à moins d'un mille au large de l'île de Bom Abrigo, une majestueuse caravelle, foc ferlé, faisait du surplace. Certains parmi les chasseurs avaient déjà vu le *Shams Alghurub* de l'amiral Hayreddin Barberousse ou cette autre caravelle qui, deux ans auparavant, avait longé la côte au large de l'île Gohayó. Tout en essayant de maintenir le calme parmi ses hommes, Bacharel réfléchissait rapidement aux précautions à prendre. La position de la caravelle, une partie de ses voiles repliées, indiquait que l'équipage se préparait à un possible débarquement pour se ravitailler, comme cela avait été le cas du *Shams Alghurub*. À cette distance, Bacharel ne pouvait pas voir les couleurs du drapeau qu'elle arborait. Mais cela ne changeait pas grand-chose, une puissance en valait une autre. Des ennemis potentiels comme ces possibles amis qu'il attendait depuis toujours.

Après s'être assuré qu'il n'y avait pas d'autres navires à l'horizon, Bacharel calcula que l'équipage de la caravelle en avait encore pour trois ou quatre heures avant de mettre les canots à l'eau. Ce qui lui donnait une bonne marge pour se préparer à les accueillir, d'une manière ou d'une autre. Il savait aussi qu'en dehors de la marine ottomane, aucune autre flotte ne disposait d'une longue-vue. Il pouvait ainsi traverser la baie jusqu'au mont São João et de là rejoindre le village carijó sans être aperçu.

Après une réunion avec les anciens, où Bacharel exposa les faits et obtint du chef Ariró le commandement militaire, il se mit aussitôt à la tâche. Tout d'abord, il fallait interrompre les travaux au chantier, le vent aurait pu propager le bruit des outils et l'odeur de la forge jusqu'au bateau inconnu. Le chantier naval avec ses embarcations de petite et moyenne taille prêtes à mouiller était en partie occulté par la pointe nord de l'île de Bom Abrigo. Pour la partie qui aurait pu être vue depuis le large, ils avaient déjà prévu un camouflage de barrière végétale. Il fallait aussi qu'un contingent se déplace vers l'île de Bom Abrigo, seul lieu pour un possible débarquement. Il fallait prendre soin de l'aborder par la côte sud, c'est-à-dire par le versant opposé à celui où se trouvait le navire.

Bacharel récupéra ses vêtements soigneusement gardés pendant huit ans et, accompagné par le grand chef Ariró, s'en fut à la rencontre de son passé.

Au moment où deux canots se détachaient de la caravelle portugaise, ramant en direction de la petite plage, Bacharel et une centaine de Carijós étaient aux aguets dans une crique rocheuse. D'autres guerriers avaient été déplacés par petits groupes mobiles à l'intérieur de l'île, au cas où le plan d'un encerclement avec reddition rapide des marins aurait échoué. Avantagé par son expérience et grand connaisseur de l'armement et du *modus operandi* de la marine portugaise, Bacharel avait tout prévu pour arriver à négocier en position de force. Pour que cela réussisse, il fallait à tout prix retenir les flèches de ses guerriers, car en ce cas le commandant du navire n'hésiterait pas à raser la côte à coups de canon. Le facteur surprise était déterminant.

Bacharel aurait pu attendre la nuit pour attaquer la caravelle et massacrer l'équipage jusqu'au dernier marin. Mais il était le roi de la Terre du Milieu et un roi n'est pas dupe. Un navire qui s'aventure dans des eaux inconnues est comme une charrue fendant une terre vierge, elle creuse un sillon pour les semences à venir. Le Portugal était trop petit pour contenir l'ambition des Portugais.

Personne n'est insensible aux piqûres brûlantes de la mouche motuca. Les Indiens, de génération en génération, avaient juste appris à les ignorer. Bacharel, lui, devait encore serrer les dents pour ne pas se tordre sur place ou s'enfuir. Ensevelis dans les buissons à quelques mètres de la plage, ils attendaient que les marins tirent leurs barques au sec avant de pénétrer dans l'île à la recherche de ravitaillement – le passé se répétait. Comme prévu, n'ayant aperçu aucun signe de vie, les marins ne laissèrent pas de sentinelles sur la plage. Ce qui était important pour les dominer tous en même temps, mais hors de vue du navire.

Vingt hommes dépaysés s'ouvrant un chemin au milieu d'une végétation hostile ne pouvaient rien contre un nombre dix fois supérieur de guerriers carijós entraînés. Les marins venaient tout juste de quitter la plage quand une horde surgie de nulle part leur tomba dessus. Ils n'eurent pas le temps de dégainer leurs épées et furent immobilisés avant même de comprendre ce qui leur arrivait. En un rien de temps, ils se retrouvèrent désarmés et ligotés. Bacharel et Ariró se présentèrent alors à eux. Ravagés par plusieurs semaines de mer et prisonniers de sauvages qu'ils supposaient cannibales, le seul espoir qui les animait en ce moment était de bénéficier d'une mort rapide. Ils n'en crurent pas leurs yeux lorsqu'un homme habillé à la mode de l'aristocratie lusitanienne les salua dans leur langue. Aramujo, un petit nerveux, apparemment le chef du groupe expédié sur l'île, reprit aussitôt courage pour proférer des menaces, au nom de la couronne portugaise, à l'intention de ce concitoyen qui se comportait en traître. Interloqué, Ariró voulut savoir ce qu'avait à dire ce prisonnier si hardi. Sans cacher son amusement, Bacharel lui traduisit mot à mot les invectives. Sur ce, Ariró dégaina son poignard, il l'aurait à coup sûr enfoncé dans la gorge du malheureux si Bacharel ne l'avait retenu.

Depuis le versant opposé de l'île, les prisonniers furent embarqués et conduits au village. Ils resteraient sous surveillance pendant que les guerriers affinaient leurs tactiques pour attaquer le navire si cela se révélait nécessaire. Entre-temps, Bacharel fit mettre à l'eau le meilleur bâtiment parmi sa création navale. Dans sa tenue étouffante sous le soleil du tropique, il s'installa à la proue. Trente guerriers étaient aux rames.

Le jour était ensoleillé mais la mer encore agitée par un vent provenant de l'Antarctique. Le cordon littoral hurlait, écumant sous le déchaînement des vagues. Le bateau, que Bacharel avait baptisé à la mémoire de Caniné, avait un calage réduit au minimum et des bords hauts pour embarquer le moins d'eau possible en cas de forte houle. Il était muni d'un mât repliable et, un mètre au-dessus de la ligne de flottaison, bâbord et tribord présentaient des perforations permettant que quinze rames puissent entrer en action le moment venu. Un prototype d'ingénierie navale qui mélangeait les techniques des puissances maritimes anciennes et actuelles. Le résultat, on pouvait le lire dans l'émerveillement de l'équipage du navire à la croix de Malte, lorsque Bacharel et ses hommes passèrent, rapides et indemnes, à travers un roulis qu'eux-mêmes n'auraient pas osé défier.

Face à l'audace de cet étrange bateau à rames, la caravelle vira de poupe jusqu'à placer son tribord en position de tir. Debout et bien visible à la proue, Bacharel regardait les sabords s'ouvrir l'un après l'autre. Bientôt, une de ces bouches de canon allait cracher un coup de semonce. Un deuxième tir briserait leur embarcation.

Bacharel connaissait parfaitement les possibilités de la vieille caraque pour en avoir lui-même établi les dernières modifications. C'était une de ses idées, à lui et à son équipe de l'École de Sagres, que d'associer voile latine et voile carrée. Grâce à cette double voilure, la caravelle s'adaptait à tous les types de vent. Il lui était possible, grâce à ses voiles triangulaires, de remonter contre le vent, de naviguer « à la bouline », c'est-à-dire en tirant des bords. Son deuxième atout résidait dans sa maniabilité, sa capacité à naviguer en faible profondeur et d'approcher la côte sans trop de risques. Ses canons lançaient des projectiles de quarante-cinq livres à l'aide d'une charge de quatre livres. Ce qui fit de cette caravelle le navire des grandes explorations océaniques de l'époque.

Bacharel arrêta les rameurs quand le canonnier eut mis feu à la mèche. La détonation fut suivie d'un sifflement et le boulet enflamma l'air juste au-dessus de leurs têtes. Même si c'était prévu, une telle déflagration créa la panique à bord. Gesticulant comme un forcené, il monta à la proue pour que le commandant de la caravelle voie ses insignes portugais. Plusieurs minutes s'écoulèrent dans une attente où même la mer semblait s'être figée. Un canot fut mis à l'eau. Bacharel, lui seul, fut autorisé à y prendre place.

Hissé à bord, on l'amena en présence du commandant du navire. Cet homme sans âge, habillé selon l'usage portugais, négligea la révérence qui se doit entre personnes respectueuses. Il interpella Bacharel âprement, avec une rafale de questions touchant sur le sort de ses hommes. Il allait de soi que la présence d'un supposé concitoyen sur cette terre, qui se prévalait de la complicité des sauvages pour attaquer la marine de la couronne, lui vaudrait pour une exécution sommaire.

Bacharel feignit d'ignorer l'impolitesse de Gaspar de Lemos, nom que celui-ci avait énoncé comme une menace. Il recula d'un pas pour fixer son interlocuteur bien dans les yeux. D'un ton poli mais ferme, il lui annonça que ses hommes étaient en bonne santé et qu'en cet instant même ils se restauraient des délices de la gastronomie locale. Il étendit l'invitation au noble commandant et à l'équipage au complet, s'ils le voulaient bien, car les Carijós, en plus d'être pacifiques, étaient d'excellents amphitryons. « Ensuite, seigneur, ajouta-t-il, nous mettrons au clair tous les événements qui nous ont conduits en ces terres lointaines. »

En réponse à cette hardiesse, Gaspar de Lemos mit la main à l'épée, quand un homme élégamment habillé et portant une épaisse barbe poivre et sel vint se joindre à eux. Il esquissa un salut de la tête au commandant et puis à l'intention de Bacharel. Il était évident que l'homme attendait que le commandant le présente à son hôte. Essayant de contrôler sa colère, Gaspar de Lemos proclama que Bacharel se trouvait en présence d'Amerigo Vespucci et égrena toute une série de ses prouesses. Comme si chaque éloge était un coup porté, il aurait continué jusqu'à l'assommer si Amerigo Vespucci lui-même ne l'avait retenu.

Bacharel sourit. C'était un honneur de rencontrer enfin l'homme qu'il avait toujours admiré. Il fut surpris d'apprendre qu'Amerigo Vespucci ne méconnaissait pas la réputation du fameux maître Cosme Fernandes, de la millénaire École de Sagres. « Dites, demanda Amerigo Vespucci, si le commandant décidait de sacrifier ses hommes en rasant votre tribu et vous avec ? Vous y avez pensé, je suppose. »

Bacharel marqua un temps, il savait que le poids de chaque mot pouvait être fatal. Il leva les yeux au ciel, bleu, infini, regarda ensuite son bateau qui l'attendait et enfin, avec un soupir, il revint à la question. Tête basse, non par soumission mais par respect pour l'immensité, il prononça les mots suivants :

– Seigneur, nous sommes ici, en cet instant, dans un monde nouveau. Le rêve qui a été et est toujours à nous tous. Allons-nous le maculer de sang fratricide avant même de le connaître ? Regardez – il ouvrit les bras –, c'est une terre sans fin, il y a de la place pour tous et même pour ceux qui viendront après nous. Seigneur, comprenez, vous n'êtes pas ici dans le pays d'Indes. Il n'y a pas d'éléphants ici. Vous êtes arrivés en Terre du Milieu, un monde qui nous était inconnu. Regardez cette côte, elle est magnifique mais elle peut bien aussi être mortelle…

Il fut interrompu par une grande agitation à bord. Le second vint en courant pour annoncer que la sentinelle perchée sur le nid-de-pie venait de percevoir le mouvement de nombreuses embarcations provenant des côtes :

– On dirait qu'elles viennent de partout, dit-il.

– C'est un piège ! s'écria Gaspar de Lemos, essayant à nouveau d'empoigner son épée, mais Amerigo Vespucci l'en empêcha.

– Non, seigneur, c'est juste la réponse à la question que votre noblesse vient de me poser. Un militaire de votre rang n'ignore pas que parfois seule la menace de guerre garantit la paix. Vous êtes le bienvenu, mais n'oubliez pas qu'ici vous n'êtes pas seul.

Les deux nobles échangèrent un long regard. Puis Gaspar de Lemos demanda : « Au fait, que voulez-vous, monsieur ? »

Chapitre 21

Taio portait une robe en satin gris perle qui lui couvrait les genoux. On aurait dit une gamine habillée en grand-mère. Mais en l'observant bien, surtout la connaissant un peu, on devinait vite que derrière sa candeur affichée se cachait une femme experte. Debout sur le seuil, elle nous regardait, souriante. Son ombre s'allongeait à l'intérieur, faisant jouer un clair-obscur sur le visage de Paquica, recroquevillé au fond de son taudis. Elle était apparue à la porte un instant plus tôt. J'aurais voulu dire quelque chose, mais n'arrivais pas à détourner mon regard de son visage pour chercher les mots. Baiano vint à elle pour la saluer. La vie, avec ses bruits et ses odeurs, reprit.

En quelques jours à peine elle avait pris de bonnes rondeurs. Voyant que je l'avais remarqué, elle s'approcha de moi et, comme l'autre fois, prit ma main et la posa sur son ventre.

– Tu le sens ? dit-elle. C'est un garçon, j'en suis certaine.

Ensuite, elle tendit son bras vers Paquica.

– Mon ami, dit-elle, parce que les amis du père de cette vie que je porte en moi ce sont bien mes amis aussi, pas vrai ? Dis-moi, s'il te plaît, j'ai perdu ma photo, tu ne l'aurais pas vue par hasard ?

Paquica se mit à trembler de tout son corps. Taio regarda dehors puis revint à nous.

– Mon peuple, dit-elle sans transition, est chassé et tué chaque jour sur sa propre terre. Il arrive aussi que les victimes deviennent persécuteurs. C'est la terreur. Ne me regardez pas comme ça, vous allez comprendre. C'est notre usage de mettre toujours en face le très haut et le très bas. Ce que vos belles histoires se gardent bien d'illustrer.

Elle se tut, posant sur nous un regard intrigué. Comme si moi et Baiano allions la contredire ou la réprimander. Puis elle s'approcha de Paquica et commença à lui parler tout doucement dans sa langue. Elle parlait et souriait, comme une sainte dont les mots tombent du ciel et chantent la vie éternelle. Peu à peu, Paquica s'apaisa, il se redressa et leva la tête vers elle. Son regard était vide.

Taio semblait connaître l'emplacement des choses dans la pièce. Dans une caisse sous le lit elle récupéra une petite casserole, qu'elle mit ensuite sur le feu avec deux doigts d'eau. Puis elle retira de son soutien-gorge un gousset dont elle sortit une boulette noire, en sépara une pincée et la laissa tomber dans l'eau chaude. Une odeur âcre s'en dégagea aussitôt. Anticipant la question de Baiano, elle le rassura en disant que c'était juste une tisane qui allait aider Paquica à se libérer d'un mauvais esprit qui s'était insinué en lui. Baiano allait rétorquer quelque chose quand soudain je me souvins.

– Cette odeur, c'est la même qu'il y avait dans la pièce quand je me suis réveillé avec tous ces papiers éparpillés par terre. J'en suis certain.

Baiano me regarda d'un air soupçonneux, pendant qu'elle versait son liquide brunâtre dans un gobelet. Comme dans un état second, Paquica le but d'un trait jusqu'à la dernière goutte, puis posa le gobelet vide à ses pieds et s'allongea sur sa couchette. Moins de deux minutes après, il était tombé dans un sommeil profond.

– Il va bien ? demandai-je, tout en pensant que j'en étais peut-être passé par là.

– Mieux que nous, répondit-elle.

Elle prit ma main et nous entraîna dehors.

– Il va dormir le temps qu'il lui faut, poursuivit-elle. À son réveil, une partie de ses problèmes ne seront plus de ce monde. Nous allons nous promener un peu. Voulez-vous bien ?

Je m'apprêtais à l'interroger mais Baiano me fit signe de laisser tomber.

Une brise de l'est repoussait la chape nuageuse vers le continent. Les rayons de soleil jetaient une lumière pâle sur les flancs rocheux de l'île. Nous grimpions derrière Taio sur un petit chemin encaissé dans les pierres nues polies par le vent. Malgré les eaux toujours cristallines qui l'entouraient, l'île de Bom Abrigo était loin de ce paradis verdoyant décrit par Indio au temps de Bacharel. Maintenant, il n'y avait plus qu'une seule distraction, le vieux phare blanc planté là-haut et que le GPS avait rendu superflu.

– Attention où vous posez les pieds, prévint Taio, sans végétation, sans faucons, la vipère jararaca prolifère. Vous n'aurez pas le temps d'arriver vivants à l'hôpital.

– Et vos potions magiques ? rétorquai-je, donnant libre cours à ma mauvaise humeur.

Elle se retourna, me fixant comme un demeuré :

– Il n'y a jamais eu de potions magiques. Cela a été inventé par vos semblables pour insuffler du brio à leurs vies plates dans ce pays qu'ils n'ont jamais découvert.

S'il y avait une chose qui me mettait en colère, c'était bien cette manie des autochtones de traiter tous les étrangers comme si nos grands-pères étaient directement responsables de leur ruine. Elle aurait mieux fait de s'expliquer sur son attitude pour le moins extravagante au lieu d'exhiber son ventre comme si tout le monde était concerné. Rien que des idées stupides, qui ne franchirent pas mes lèvres. En ce moment, j'en voulais à la terre entière par défaut de clarté, à moi le premier. Je regardai Baiano à la dérobée. Il se marrait tout doucement.

La pente était si escarpée qu'en atteignant le sommet nous étions à bout de souffle. Il nous fallut quelques minutes de récupération avant d'admirer l'infini du bleu fondant ciel et mer. Taio vint s'asseoir à côté de nous, sur la première marche du phare. Le regard balayant l'horizon, sa poitrine respirait au rythme de tambours provenant de la lointaine côte du Daomé. Elle semblait sur le point de dire quelque chose d'important, mais au lieu de cela, elle s'immergea dans un silence pensif.

Baiano l'observait, admiratif, comme s'il pouvait voir dans son visage à travers les époques, où les gens vivaient et mouraient et n'arrêtaient jamais de renaître.

– Les anciens racontent, dit-elle, qu'avant, bien avant qu'on érige ces stupides tours pour aveugles, il y avait ici une grande pierre. C'était une pierre ronde blanchie par les chiures d'oiseaux, où les pajés venaient interroger les esprits du bien et du mal qui habitaient la grande lune éblouissante. La réponse que les pajés ramenaient au village était toujours la même : « Une créature toute-puissante viendra du soleil naissant. Elle sera miséricordieuse et cruelle, prolixe et sobre, forte et chétive. Mais elle sera surtout inévitable. » Et ce fut ainsi que Bacharel vint pour créer une descendance d'hommes et de femmes à sa propre image. Les uns bons, d'autres mauvais. Les pajés arrêtèrent alors de venir ici. La lune ne resplendissait plus que dans son silence éternel. Mais lui, notre semence, venait s'asseoir ici pour interroger non plus la lune mais la mer qui l'avait accouché. Et il rentrait au village avec toujours la même réponse : la mer avait vieilli, elle n'accouchait plus. Il se trompait. Il le savait et ce fut sa fin. Qui cherche la vie éternelle doit passer par la mort. Il avait le monde dans ses yeux mais le monde était trop grand pour ses petites prunelles.

Elle prononça ces derniers mots avec hésitation. Puis, sans me regarder, elle ajouta : Des yeux comme les tiens.

Cette réflexion sembla la détourner du fil de son discours, si tant est qu'elle en suivait un, et elle commença à passer du coq à l'âne. Son père, Indio, revenait souvent dans ses paroles, sans relation aucune. Elle parlait comme si elle était étrangère à ceux qui l'entouraient. Absorbée, on l'aurait dite en train de donner un cours d'importance capitale, où les mots découlaient d'une source divine. Menton levé entre ciel et mer, les yeux fermés, elle se laissait transporter par le son de sa propre voix.

J'allais peu à peu glisser dans les espaces creux de ses mots, les remplissant de mes pensées mais que je ne reconnaissais pas. Soudain, tout ce qu'elle disait prenait un sens, une logique féroce à laquelle je devais me soumettre. Mais une partie de moi refusait de la suivre sur un chemin jonché d'os blanchis par la nuit des temps.

Je voulais me lever et partir. Baiano dut deviner mes intentions, il posa sa main sur mon épaule, assez fermement pour que je reste assis. Taio me sourit, je bafouillai :

– Je m'inquiétais pour Rosario, il nous attend pour le retour.

– Oublie, fit Baiano, il est déjà rentré chez lui. N'est-ce pas, ma petite ?

Elle ne répondit pas, suivant la lente descente du soleil sur les pics bruns du continent. Je n'avais pas vu le temps passer.

Il était presque 5 heures lorsque Baiano et Taio, comme d'un commun accord, se levèrent. Il s'étira, faisant craquer ses articulations. Elle gardait les mains croisées sur son ventre, le regard songeur. Je me demandais si tous les deux ne savaient pas quelque chose que j'ignorais.

Au lieu de revenir sur nos pas, Taio prit la direction opposée. Nous descendions la pente du côté sud de l'île. Le chemin était raide, les pierres glissantes et la végétation réduite à des touffes d'herbe sporadiques. Aucun signe de vie à la ronde, le ronflement de la mer était le seul bruit perceptible en plus de notre essoufflement.

Au bout d'une demi-heure de marche difficile, Taio abandonna le chemin pour contourner un rocher haut et pointu sur notre gauche. J'interrogeais Baiano des yeux, il haussa les épaules. Nous parcourûmes une centaine de mètres puis Taio s'arrêta devant une crevasse à demi-cachée par des arbustes épineux. Elle écarta les branches, nous invitant à la suivre. L'entrée était si étroite qu'on ne pouvait la franchir qu'en se glissant de côté. Nous nous retrouvâmes dans une grotte de modeste dimension, baignée au milieu par une langue de lumière. Dans sa course, le soleil avait atteint la seule position possible pour que ses rayons puissent pénétrer à travers la fissure. L'air était frais et humide et le sol jonché de toutes sortes d'objets. Certains de fabrication récente et d'autres bien plus anciens s'étaient accumulés d'époque en époque. Rien n'indiquait que cette grotte était habitée en permanence, mais elle était un bon refuge pour ceux qui restaient bloqués dans l'île à cause du mauvais temps. Taio s'agenouilla et commença à rouler une grande natte en fibre végétale étendue au milieu de la grotte. Sur le sol dégagé apparurent trois pierres formant un triangle, plus une quatrième au milieu. Baiano s'accroupit pour examiner cette dernière, mais la lumière était trop faible. Taio prit une torche accrochée à une paroi et gratta une allumette. Baiano la lui arracha presque des mains, approcha la lumière et lut : « La poésie classique célèbre les exploits des marins plongeant dans les belles plages de l'île de Bom Abrigo à Cananéia. »

Donc ce n'était pas une légende, l'or existait bel et bien. Cette découverte remit en cause mon prétendu désintérêt pour le trésor.

Taio nous observait en silence, une pointe de méfiance dans le regard.

– Soulevez la pierre, dit-elle sans nous quitter des yeux.

Bien que dévorés de curiosité, un résidu de pudeur nous empêchait de commencer à creuser avec les mains. En fin de compte, je m'agenouillai, passai mes deux mains par-dessus la pierre et tirai. Elle ne bougea pas d'un centimètre. Baiano vint à mon aide avec un morceau de bois servant de levier. Après plusieurs tentatives nous arrivâmes à la faire glisser de côté. Une odeur rance nous sauta au nez. Nous retenions notre respiration tandis que Taio approchait la torche, illuminant un trou d'un mètre sur deux, complètement vide.

– Déçus, mes chers amis ?

Je n'avais jamais vu Baiano rater une occasion de réaffirmer sa nonchalance *nordestina*.

– Ils étaient propres, ces pirates, tu as vu le travail pour enterrer leurs excrétions ?

Taio le toisa, se demandant s'il était sérieux. Un instant avant d'éclater de rire avec nous.

– Bon, d'accord, hasardai-je, maintenant, vous forgez vos pointes de flèches dans l'or. Votre communauté est en combine avec l'Arabe pour acheter la vallée du Ribeira tout entière ?

Je vis Taio frémir.

– Venez, fit-elle en se retournant vers la sortie.

Dehors, elle respira à pleins poumons, Quand elle parla, ses prunelles brillaient.

– Vous avez dit l'Arabe – ses mots jaillissaient comme des projectiles –, un monstre que sa mère aurait dû tuer à sa naissance. Mais elle ne l'a pas fait et maintenant il empoisonne la terre et la mer. Il a fait tuer Preto, le père de mon enfant.

J'allais manifester ma surprise mais elle me coupa aussi sec :

– L'âge de plomb. Mais le vrai âge de plomb, vous l'avez peut-être connu au Moyen Âge, pas très éloigné de ce qui se passe chez nous aujourd'hui. L'Arabe et ses semblables ont d'abord occupé le ciel et ensuite ils ont lâché sur terre leurs dieux cruels. Une guerre pour nous perdue d'avance, mais qu'il faut malgré tout mener. Parfois avec vos propres armes.

J'avais du mal à comprendre où elle voulait en venir. Mot à mot, tout était clair, mais on aurait pu assembler les mêmes pour dire tout et son contraire. Je n'étais pas habité par l'esprit fataliste du Nord-Est comme Baiano, pourtant j'avais bien l'impression que c'était à moi qu'elle s'adressait. Ce qu'elle confirma.

– L'homme est enclin à prendre son état présent, qu'il soit serein ou agité, pour l'état particulier et véritable de sa vie, alors qu'il est en réalité condamné à vivre d'improvisation et au jour le jour. Tu dois savoir cela – elle prit ma main dans les siennes –, sinon tu ne serais pas ici aujourd'hui. Mon père ne se trompait jamais sur ses fréquentations. Maintenant il faut y aller, ils n'attendent plus que nous.

Nous suivîmes Taio jusqu'aux falaises érodées par l'océan. Juste en face, à côté d'un îlot rocheux, mouillait le yacht blanc de l'Arabe. Le pont semblait désert. Nous nous interrogeâmes du regard. Taio nous demanda de l'aider à mettre à l'eau un canoë. Baiano se mit aux rames et nous filâmes vers le yacht. Au moment d'atteindre la coque, une échelle tomba à l'eau. Taio monta la première. Thiago, l'Indien aux yeux émeraude, nous accueillit à bord. Sur son visage sculpté dans le granit brillait une pointe de malice mêlée de plaisir.

La scène qui se présenta à nos yeux aurait pu paraître puérile. Il n'empêche, les Indiens étaient bien là, emplumés et armés. Les cow-boys y étaient aussi, en bermudas et bien ligotés. Attaché dos à dos avec le Slave tatoué, l'investigateur fédéral Fuligine pleurait ses doigts brisés. Leur chef n'était pas parmi eux. Il avait souffert d'un accident en mer pendant la remontée d'une statue sculptée il y avait cinq siècles dans le bois dur du péroba rose. Maintenant, figure de proue d'un yacht à diesel, Caniné séchait enfin aux derniers rayons de soleil.

Chapitre 22

Gaspar de Lemos et Amerigo Vespucci reprirent le large trente jours après leur arrivée à Cananéia. Pendant leur séjour sur cette île, l'estafette d'une tribu indienne amie, installée dans les lointaines terres froides, vint apporter la nouvelle que des hommes barbus avec du tonnerre à leur ceinture avaient été capturés et sacrifiés, d'autres avaient réussi à s'enfuir. Ce récit inquiéta tant Gaspar de Lemos que, après avoir bénéficié des précieux services de l'étonnant chantier naval monté par Bacharel, il lança sa caravelle dans l'exploration des côtes jusqu'à l'actuelle Argentine. Ignorant certains détails sur le passé du jeune Cosme Fernandes, il le nomma sur-le-champ capitaine de la Terre du Milieu, dominant la latitude comprise entre l'île de Gohayó et l'actuelle Paranaguá. Il laissait ainsi derrière lui un puissant avant-poste de la glorieuse conquête portugaise.

Seuls les morts sont à l'abri des surprises…

C'est avec ces derniers mots qu'Indio Fernandes Pessoa arrête son récit. Je ne sais toujours pas si, dans une mystérieuse intuition, il anticipait sa propre mort ou s'il se référait à celle de son ancêtre qui venait tout juste de recevoir les honneurs d'un important émissaire de dom Manuel, le roi de Portugal. Toujours est-il que ni l'un ni l'autre n'ont laissé de témoins fiables qui puissent nous éclairer sur leur véritable fin en cette dangereuse Terre du Milieu.

Persuadé que la source historique d'Indio était le fruit inédit d'années de patientes recherches, je me trouve aujourd'hui dans l'inconfortable situation de celui qui n'a plus rien à dire, passés les trois points de suspension.

Chapitre 23

Pour rendre la vérité plus vraisemblable il est nécessaire d'ajouter un mensonge. Dostoïevski avait dit ceci à propos de démons, mais cette règle vaut aussi bien pour les anges.

*

Après une semaine de torpeur tourmentée par le vrombissement des moustiques, le ronronnement d'un conditionneur d'air est un cantique. Je réémergeais d'un sommeil de plomb. Le yacht de l'Arabe aurait pu embarquer toute une tribu et la nourrir pendant un mois.

Mais quand Baiano et moi regagnâmes le pont, il n'y avait plus personne. Le bateau avait entre-temps parcouru plusieurs milles. Nous nous trouvions maintenant à l'ancre entre l'île de Superagui et le lieu-dit Pontal. Une langue de sable tout au bout de l'île de Cardoso. Derrière nous, la mer intérieure, et tout droit à la proue l'océan qui écumait. Nous échangeâmes un regard. Les rivages n'étaient pas loin et il y avait à bord des canots de sauvetage. Un sifflement aigu mit fin à nos réflexions.

Assis sur l'escalier reliant le premier au deuxième pont, Thiago nous observait.

– Nous attendons la marée montante pour prendre le large, dit-il avec un ton de pâle tranquillité pouvant aussi bien annoncer une explosion de rage.

Baiano ne se laissa pas intimider.

– Le large ?

– Nous allons terminer le stock de champagne et de saucisses dans des eaux amies. Ça vous dit ?

Il se leva et vint vers nous, se tenant le ventre avec un rire retenu qui lui enflait les joues. Mais à mi-chemin il s'arrêta net, comme s'il avait changé d'idée. Après un instant de totale immobilité, il se planta en face de moi.

Nous restâmes ainsi, figés sur place, sans mot dire pendant de longues minutes. Il ne riait plus. On aurait dit qu'il avait aussi cessé de respirer. Ses yeux émeraude étaient vissés sur quelque chose loin derrière moi. Je ne sais pas ce qui me prit alors, mais un frisson soudain me fit reculer d'un pas. L'image d'un serpent prêt à attaquer avait foudroyé mes pensées. Baiano, qui dut s'apercevoir que quelque chose ne tournait pas rond chez moi, se rapprocha de Thiago.

– Où sont tous les autres et qu'est-ce que cette histoire d'eaux amies ?

À l'instant où Thiago se retournait vers Baiano, l'image du serpent fondit dans le noir. Il répondit d'une voix atone :

– Les ennemis, nous les avons débarqués sur une île, vivants si c'est cela qui vous inquiète. Ils en auront pour un jour ou deux avant de rejoindre leurs pairs. Sauf l'Arabe, qui n'a pas résisté aux émotions. Quant à mes gens, ils sont à leur place, dans la nature. Nous n'avons plus rien à faire ici, et ici, il n'y a plus que vous deux, sans place aucune.

Je suis certain qu'à ces mots Baiano envisagea le pire. Son regard fouilla les lieux. Le bateau était assez grand pour cacher un bon nombre de guerriers. Mais il reprit aussitôt son assurance.

– Vous n'irez pas loin. Ce bateau est sans doute suivi par satellite et les gardes-côtes doivent déjà être à l'affût. Et puis, qui va piloter un engin pareil ?

Thiago siffla et un homme dans une impeccable tenue de marinier sortit de la cabine de pilotage surélevée.

– L'Arabe n'a plus besoin de lui. Un bateau capable de défier le large n'aura pas de mal à remonter un fleuve dont les affluents courent plus vite et loin que vos machines sans imagination.

Il renifla l'air.

– La marée vient d'atteindre le bon niveau, nous n'avons pas de temps à perdre. Toi, dit-il en s'adressant à Baiano, tu peux venir avec nous si tu le veux. Puis pointant son index sur moi : Toi non. Pour l'instant, non. Tu n'as pas encore fini ton devoir. Un devoir de sang.

– De sang ?

– Oui, tu nous appartiens, depuis toujours, nous le savons.

*

Baiano était reparti à São Paulo de bonne heure. Je n'avais pas faim, ni envie de me mettre en route à mon tour sans savoir ce que j'étais venu faire ici. L'impression qu'il manquait une flèche à mon arc me faisait traîner sur place. Je n'arrêtais pas de faire et défaire mon sac à dos et rouvrir le carton contenant les papiers d'Indio. L'air était étouffant. C'était une de ces journées où la pluie passe au large, repoussant sur la côte la chaleur accumulée sur la surface marine. Mais le climat n'était pas seul responsable de cette lourdeur qui planait sur la ville. Les heures semblaient interminables, on aurait dit que le jour craignait la rencontre avec la nuit. Cananéia s'était arrêtée.

Il n'y avait plus rien à faire. Mes bagages ne demandaient plus qu'à rejoindre le coffre de ma voiture. Je me donnai un dernier prétexte. Il serait mieux d'attendre la fraîcheur à la tombée de la nuit pour se mettre au volant. Il me restait le temps de prendre congé de Cananéia.

J'arpentai les ruelles aux façades délabrées, animées autrefois par le bandana rouge et noir de Preto ou les pas vifs d'Alicio dans ses bottes en caoutchouc blanc. J'allais en quête d'un coup de magie, doublant un de ces coins de rue où je m'étais souvent égaré. Mes pas résonnaient dans le silence des pierres, les pensées flottant dans le vide imaginaire. Même la place Martim Afonso de Sousa était déserte. Un samedi ! Les jours fériés, quand les Indiens venaient vendre leurs produits, la place s'animait un peu. Parfois, le Dr Almir, juste pour amuser ses sbires, lorsqu'il faisait un détour par là, disait qu'il allait bientôt bâtir un centre commercial et que les jours de ces petits culs-terreux étaient comptés. Il n'y avait que quelques prostituées, allez savoir pourquoi, qui avaient l'air d'apprécier l'idée. Maintenant, elles aussi avaient quitté les lieux. Je n'ai pas eu le courage de passer devant le bistrot de Miguel. J'ai eu peur de le trouver vide aussi.

*

Il y a quelques années, l'avenida Independencia n'existait pas. Maintenant, on roule un kilomètre et demi au milieu d'une forêt d'enseignes phosphorescentes avant de déboucher sur la porte d'entrée de Cananéia. Au-delà de l'arc surmonté de sa caravelle en béton colorié, un rond-point. Je m'y engageai pour emprunter la route pour le continent, quand je la vis. Elle était assise, jambes croisées, juste à côté du panneau du kilomètre 0.

J'aurais pu appuyer sur l'accélérateur pour me tirer d'affaire. Au lieu de ça, je lui fis un appel de phares. Elle courut vers la voiture, claqua la portière et passa vite la ceinture de sécurité sur son ventre arrondi. Il n'y avait plus qu'à démarrer.

Le kilomètre 0 était bien loin derrière nous quand, se redressant sur son siège, elle prononça ses premiers mots.

– Il est difficile de quitter l'île, on dirait qu'elle nous tient comme un aimant. Tu ne trouves pas ?

– Non, pas tant que ça.

J'avais envie d'être impoli, je voulais la punir pour quelque faute qui n'était pas vraiment claire. J'allais engager un CD dans le lecteur mais elle m'en empêcha en posant sa main sur la mienne.

– Nous avons trois heures de route devant nous – elle parlait en mesurant les mots, l'air serein –, ne crois-tu pas bon d'en profiter pour remettre les pendules à l'heure ? Tu as déjà beaucoup fait, mais je te demande un dernier effort.

Je lui lançai un regard furtif. Elle portait un jean serré et un chemisier avec des broderies roses qui adoucissait son ventre tendu.

Les cheveux coupés court avaient gagné des reflets orange, une touche de rouge rehaussait la ligne de sa bouche. Je ne savais toujours pas quel âge elle pouvait avoir.

– Je croyais que tu étais loin, jouant les loups de mer avec votre Thiago, dis-je.

– Tu ne l'aimes pas, n'est-ce pas ?

– Je n'aime pas son regard et puis je crois qu'il va se faire avoir à cause du yacht.

Elle rit.

– Son regard, dis-tu. Ne t'es-tu pas aperçu qu'il ne voit pas avec ses yeux ?

– Il est aveugle ?

– Je n'ai pas dit aveugle, il voit beaucoup mieux que nous, même si ses yeux ne sont plus de ce monde.

Nous avions déjà traversé le pont qui relie l'île au continent mais les inextricables anomalies de Cananéia me poursuivaient toujours. Tiraillé entre l'envie d'un confortable retour à la normalité urbaine et le sentiment de frustration d'une nouvelle fuite, j'avais du mal à paraître indifférent.

– Personne ne connaît l'âge de Thiago, reprit-elle. Mon père et les autres disent qu'il était là avant même les caïmans et les jaguars. On raconte aussi que depuis tout jeune, il parlait déjà avec les esprits. Jusqu'au jour où Nhanderuvuçu, le père des pères, lui ordonna qu'il était destiné à voir le monde non plus avec les yeux mais par la perception de son cœur et de son esprit. Pour cela, il devait accepter la morsure du serpent corail mythique. Si le venin de ce serpent est dosé suivant les enseignements des anciens, il peut provoquer des effets locaux contrôlés. Entre autres, la perte progressive de la vision accompagnée par une grande affluence d'adrénaline dans le cortex. Enfin, Thiago ne regarde pas, il voit. C'est tout.

Je secouai la tête.

– Tu te marres de tout ça, n'est-ce pas ?

– Oui. Mais le pire c'est d'admettre que j'ai vraiment vu un serpent s'agiter derrière ses yeux : c'est ça qui lui fait dire des conneries à propos de mon sang ?

– Oui, mais pas seulement. Tu te souviens de Vania ? Elle en sait beaucoup sur toi. T'aurais pas des ancêtres juifs portugais, toi ?

Elle se mit sur le côté comme si elle allait s'endormir. Trop de questions restaient sans réponses. Je me débattais contre une sorte d'éponge noire qui absorbait tous mes efforts pour aligner les derniers événements. La route n'était plus qu'un hasardeux ruban d'asphalte englouti devant par la forêt épaisse. São Paulo était encore bien loin. Où est-ce qu'elle allait, Taio ?

Au premier péage, elle ouvrit les yeux et s'étira comme une chatte sur son coussin.

– Mais on est encore ici ? Tu conduis comme un pépère, dit-elle en regardant les panneaux.

C'était le moment de lui demander où elle allait.

– À Embu das Artes, répondit-elle. Je vais liquider la maison de mon père, mais pas tout de suite. C'est chez lui que je vais accoucher. Ça sera plus pratique pour toi aussi.

– Pratique pour moi ?

– Ben oui, tu auras juste quelques kilomètres à faire pour venir parrainer l'enfant.

Je faillis faire une sortie de route. Elle ne me laissa pas le temps de me ressaisir.

– Mais mon père ne t'avait pas prévenu ? poursuivit-elle en feignant la surprise.

Une réponse du tac au tac aurait été impolie.

J'étranglai mes mots. Après tout, elle venait d'enterrer son père. Je serrai le volant et augmentai l'allure, tout en cherchant une question sensée à lui poser.

– Y a-t-il d'autres tours du même genre qu'Indio aurait oublié de me dire ?

Elle allait se marrer mais se retint, comme si une idée subite lui était venue en tête. Pendant un temps, elle figea son attention sur l'autoroute filant entre les rangées des entrepôts à la périphérie de Registro. Soudain, je me souvenais que c'était ici qu'on avait amené le corps mutilé de Preto, père de cet enfant qui voyageait maintenant à mon côté. J'eus envie de lui exprimer ma compassion, mais les mots se refusèrent à venir. Elle essuya une larme.

– Tu en es où avec les notes de mon père ?

– Ce n'est pas évident de les rassembler par ordre chronologique, dis-je en riant. Surtout au début, où il saute du coq à l'âne. Ensuite, il prend de l'allure, devient captivant, mais il n'a pas eu le temps d'aller jusqu'au bout. J'ai fait des recherches à la bibliothèque municipale. J'ai appris qu'après le débarquement de Martim Afonso de Sousa, Ruy Garcia Mochera feignit de lui livrer Bacharel juste pour avoir le temps de réorganiser les troupes indiennes, pour se lancer ensuite à l'assaut de São Vicente et d'Iguape. Comme tout le monde le sait, après quelques belles victoires sur les Portugais, ils furent mis hors de combat et poursuivis par la puissante flotte impériale. Et c'est tout. Pas un indice sur ce que devient votre Bacharel. Tu connais peut-être la suite ?

Elle me contempla, avant de laisser tomber :

– Moi non, nous n'avions pas eu le temps de parler de ça. Mais s'il y a une suite, lui-même te la dira un jour.

Inutile de tenter une réplique idiote. Elle ne m'avait pas du tout l'air de me promettre une rencontre dans les éthers avec l'esprit de son père. J'essayais de refouler la colère qui commençait à me prendre la gorge. Plusieurs minutes s'écoulèrent dans le silence, elle regardant l'obscurité à travers la vitre, moi cherchant les mots les moins blessants possible.

– Où est-elle, la blague ?

Elle se tourna vers moi.

– Tu ne veux pas qu'on en parle à l'arrivée ? Tu m'as l'air un peu perturbé, ce n'est pas bon pour conduire.

– Il n'y a pas d'arrivée, pas la même pour nous deux, en tout cas. Je t'écoute.

– Il est vivant, dit-elle calmement. À l'heure qu'il est, il doit être à bord du yacht avec Thiago et les autres. Il a dit que viendra le jour où tu le rejoindras car bientôt tu comprendras que ta vie n'est plus ici. Mais ce ne sera pas tout de suite. Il faut que les choses se mettent en place par elles-mêmes. Ces sont ses mots pour toi. Moi, je n'ai rien à y faire.

La colère s'était noyée dans un sentiment de tristesse décourageant. Mais pourquoi ? Pourquoi toute cette comédie, enfin ?

– Pourquoi s'est-il fait passer pour mort ?

– Il n'avait pas le choix. Il en avait fini avec le monde des Blancs, si on l'avait su vivant, il aurait été pourchassé jusqu'à sa mort. Preto n'a pas voulu l'écouter, il est mort. Et toi, fit-elle en me regardant droit dans les yeux, crois-tu avoir toujours une place parmi les Blancs ?

– Ce n'est pas de moi qu'il s'agit ici, il va devenir quoi, Indio, tu veux bien me le dire ?

– Ce que je vais te dire, c'est comment il a vécu jusqu'ici et non pas comment il va finir. Il a consacré toute sa vie à la réalisation d'un rêve. Il a été homme et fantôme, guerrier et menteur s'il le fallait. Il a fait sienne l'hypocrisie des intellectuels envahisseurs, il a joué le jeu du savant et s'est livré au plaisir de mimer la pauvreté d'esprit de ces artistes gonflés de nullité, les ridiculisant avec leurs propres outils. Il simulait le jour et dégueulait la nuit. Mais rien ne l'aurait fait reculer. Racheter la mémoire de nos ancêtres et organiser la survie de ce qui reste d'un peuple victime d'un génocide sans fin. Il a vécu comme se doit de vivre le descendant d'un grand guerrier et homme de science comme l'était

Cosme Fernandes. Notre Bacharel. Ce qu'il va devenir n'a aucune importance. Futur est un mot qui n'existe pas dans notre langue.

Je respirais à petits coups. Les phares illuminèrent un panneau : « Embu das Artes 125 km. »

Épilogue

Une longue file de pirogues remonte le fleuve Paraguay. C'est l'hiver par ici. La bonne saison pour oublier les moustiques. Mon hamac se balance, poussé par la brise chargée d'effluves d'herbes aromatiques de toutes sortes. Je regarde le ciel qui passe de l'orange au pourpre. Le Pantanal ronronne, çà et là, les appels gutturaux des caïmans à leurs femelles. Depuis la cuisine, les balbutiements de Taina se confondent avec les pépiements d'oiseaux. Taio avait raté sa prévision. Elle accoucha dans le lit même de son père, à Embu das Artes, d'une petite fille à la peau dorée. Maintenant, son ventre reprend les anciennes rondeurs de Cananéia. Je jure que c'est un garçon et son nom sera Peri. Elle ne dit rien, me laisse mijoter dans ma paresse et sourit à mes vaticinations. Aujourd'hui, le fleuve est calme, la lune est pleine. Si le yacht d'Indio approche, je ne le raterai pas.

Postface

Durant les quarante dernières années, mon nomadisme forcé m'a conduit à vivre dans différents pays. Par nécessité, mais aussi pour le plaisir que je ressens, chaque fois que je me prépare à réorganiser ma vie, à en savoir le plus possible sur l'histoire, la géographie, les arts et la culture du peuple qui m'accueille, à qui je dois non pas seulement asile et liberté mais aussi les prémices qui ont fait de moi un écrivain.

Au Brésil, ma dernière escale en tant qu'homme libre, quinze années ne m'ont pas été suffisantes pour démêler les histoires croisées de ce pays grand comme un continent, où plusieurs peuples vivent sous le même drapeau sans renoncer à leurs différences culturelles et aux vives revendications de leurs origines.

Sept ans après mon arrivée, quand l'ex-président Lula m'accorda l'asile, j'acceptai l'invitation d'un ami de l'université de São Paulo et allai m'installer chez lui à Cananéia. C'est là que je découvris un chapitre sur la conquête de cette terre inconnue, la future Amérique, qui n'a pas trouvé place dans l'histoire officielle. Car dès mes premiers pas sur cette île de pêcheurs, je fus frappé par l'omniprésence du héros fondateur de cette toute première ville brésilienne, Cosme Fernandes, dit

Mestre Bacharel, un mythe vivant dont on retrouve le nom inscrit sur les plaques des rues, aux frontons des écoles, du musée, à l'embarcadère et sur les coques des ferrys. Un précurseur de la Conquête étrangement ignoré par l'Éducation nationale ? C'est ce que je compris après avoir commencé à poser quelques questions.

J'ai aussitôt désiré en savoir plus. La bibliothèque locale, malgré la destruction d'une bonne partie des documents historiques, ordonnée par un capitaine de l'armée, me permit de faire un premier bout de chemin. J'élargis alors mes recherches dans les archives de la vallée de Ribeira, puis de São Vicente, de Santos, et enfin de la capitale de l'État, São Paulo. Je lus tout ce que je pus trouver sur Mestre Bacharel, mais quand j'essayais de faire la part de la figure historique de celle de la légende, je me retrouvais souvent face à un mur d'indifférence, voire de réticence.

Grâce aux informations fournies par des amis de l'USP, je découvris que je n'étais pas le seul à m'intéresser à « l'affaire », car c'est bien d'une affaire qu'il s'agit. Il m'apparut de manière évidente que mon sujet de recherches n'enthousiasmait guère les instances qui veillent sur l'éducation nationale et qui, sans parvenir à nier l'existence de Mestre Bacharel, le réduisent sournoisement à un mythe populaire sans fondement. Nombreux sont ceux qui, coupant court, affirment que Bacharel n'était qu'un vulgaire hors-la-loi abandonné par les Portugais sur les côtes du Brésil à une date non précisée. Une version qui, après une première lecture des documents accessibles, se révéla clairement ne pas tenir la route.

De plus en plus convaincu que Mestre Bacharel avait été délibérément écarté par l'histoire officielle, victime d'un révisionnisme historique au profit de la seule gloire des « conquistadores » européens, je me mis à l'œuvre, dans le but de rendre justice à ceux qui font l'Histoire mais n'ont pas survécu pour l'écrire. Je passai plus d'un an à réviser mes notes, qui ne cessaient d'augmenter de volume, tout en sachant qu'il y avait encore trop de vides à combler dans mes informations. La vie de Mestre Bacharel, qui a marqué son époque en tant qu'homme de science et d'aventures, n'est pas une ligne droite. Ses traces se perdent pour réapparaître dans les lieux les plus invraisemblables, mais les sources qui auraient pu m'apporter plus de données se trouvaient loin, hors de ma portée, car je ne pouvais pas quitter le Brésil.

Deux années s'étaient écoulées depuis mon arrivée à Cananéia et je n'avais pas fait de progrès. Je n'étais plus certain que mon idée fût bonne et j'étais sur le point d'abandonner lorsqu'on m'invita à assister à un débat sur la Palestine qui avait lieu au département d'histoire de l'USP. C'est à cette occasion qu'on me présenta au directeur de la faculté, un historien réputé. Cette rencontre n'était pas due au hasard : ce professeur avait effectué des recherches et publié des ouvrages sur la conquête des Amériques, et un ami commun lui avait fait part de mon projet. Tout d'abord, ce professeur se montra réticent : il y en avait eu d'autres qui s'étaient attelés au sujet, cela ne leur avait rien apporté, personne n'a intérêt à rétablir de supposées vérités historiques qui ne vont rien changer au cours de l'Histoire. Il me fallut insister à plusieurs reprises pour qu'il accepte de reconsidérer mon projet, non pas comme celui d'un chercheur qui prétend remettre en cause quoi que ce soit dans les académies, mais comme celui d'un écrivain qui espère trouver quelques bons matériaux pour un ouvrage de fiction. Ainsi libéré de tout scrupule envers l'éthique professionnelle, le professeur se prit au jeu. Il activa des contacts avec ses collègues chercheurs à Lisbonne, au Caire et à Istanbul. Cette correspondance internationale à plusieurs voix fut dense, les données qui arrivèrent vinrent combler les vides, et je commençai alors à voir le bout du chemin. Quelques mois plus tard, j'en savais assez pour faire embarquer Cosme Fernandes à bord d'un navire arabe ancré face aux côtes portugaises, le faire ensuite naviguer jusqu'à la Terre du Milieu et faire débarquer Mestre Bacharel à Cananéia, en 1494.

J'ai terminé *Indio* il y a un an maintenant, et j'ai fait de cette histoire un roman noir, un genre qui m'est cher et dont l'intrigue m'a permis de donner la parole au peuple indien, toujours poursuivi et massacré sur sa propre terre. Dire aussi les injustices infligées à la généreuse communauté de pêcheurs de Cananéia, qui résiste à la vague noire des entrepreneurs sans scrupule qui voudraient effacer de ce monde toute trace d'humanité.

Cesare Battisti
Oristano, le 10 juin 2019

Remerciements

Je remercie Magno de Carvalho Costa et ses confrères de l'université de São Paulo, ainsi que Carlos Lungarzo, Silvana Barolo, Jo et Fred Vargas ainsi que le sénateur Eduardo Suplicy pour leur indéfectible soutien sans lequel ce livre n'aurait pas vu le jour.

DU MÊME AUTEUR

Les Habits d'ombre
Gallimard « série noire », 1993

L'Ombre rouge
Gallimard « série noire », 1995

J'aurai ta Pau
Baleine, « Le Poulpe », 1997

Nouvel an, nouvelle vie
Mille et une nuits, 1997

Copier-coller
Castor poche-Flammarion, 1997

Dernières cartouches
J. Losfeld, 1998
et Payot et Rivages n° 354, 2000

Jamais plus sans fusil
Ed. du Masque, 2000

Avenida Revolución
Payot et Rivages n° 522, 2001

Le Cargo sentimental
J. Losfeld, 2003

Vittoria
Eden, 2003

Avenida Revolucion
Rivages, 2004

Buena onda
Gallimard « série noire », 2004

L'Eau du diamant
Ed. du Masque, 2006

Ma cavale
Grasset/Rivages, 2006

Face au mur
Flammarion, 2012

Le Guet-apens
Seuil, 2022

Les Éditions Points s'engagent pour la protection de l'environnement et une production française responsable

Ce livre a été imprimé en France, sur un papier certifié issu de forêts gérées durablement, chez un imprimeur labellisé Imprim'Vert, marque créée en partenariat avec l'Agence de l'Eau, l'ADEME (Agence de l'Environnement et de la Maîtrise de l'Énergie) et l'UNIC (Union Nationale de l'Imprimerie et de la Communication).

La marque Imprim'Vert apporte trois garanties essentielles :

- La suppression totale de l'utilisation de produits toxiques
- La sécurisation des stockages de produits et de déchets dangereux
- La collecte et le traitement de produits dangereux

RÉALISATION : NORD COMPO À VILLENEUVE-D'ASCQ
IMPRESSION : CPI FRANCE
DÉPÔT LÉGAL : SEPTEMBRE 2022. N° 148018 (3048778)
IMPRIMÉ EN FRANCE